石川　透編

室町物語影印叢刊 23

蛤の草紙

1

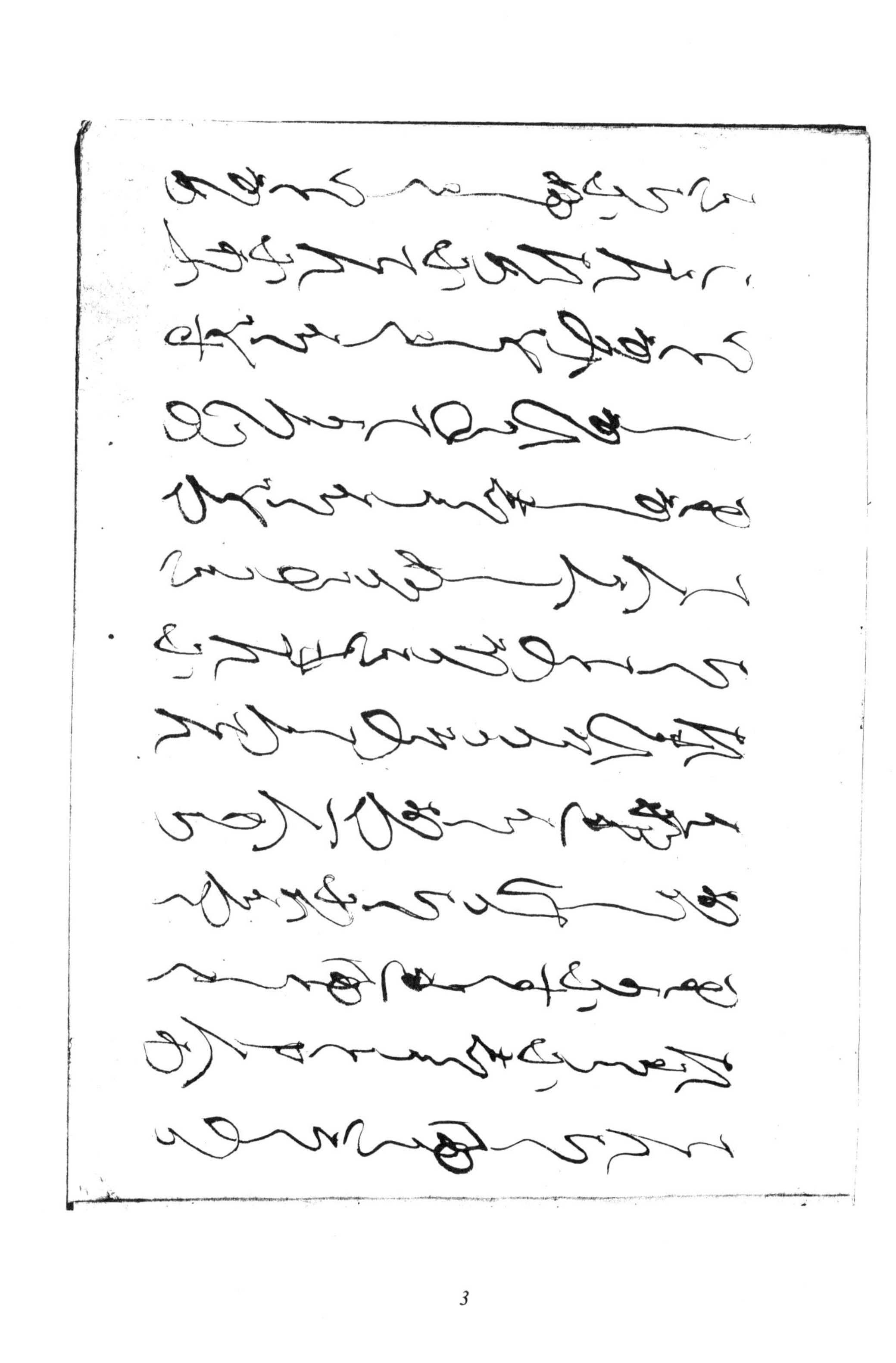

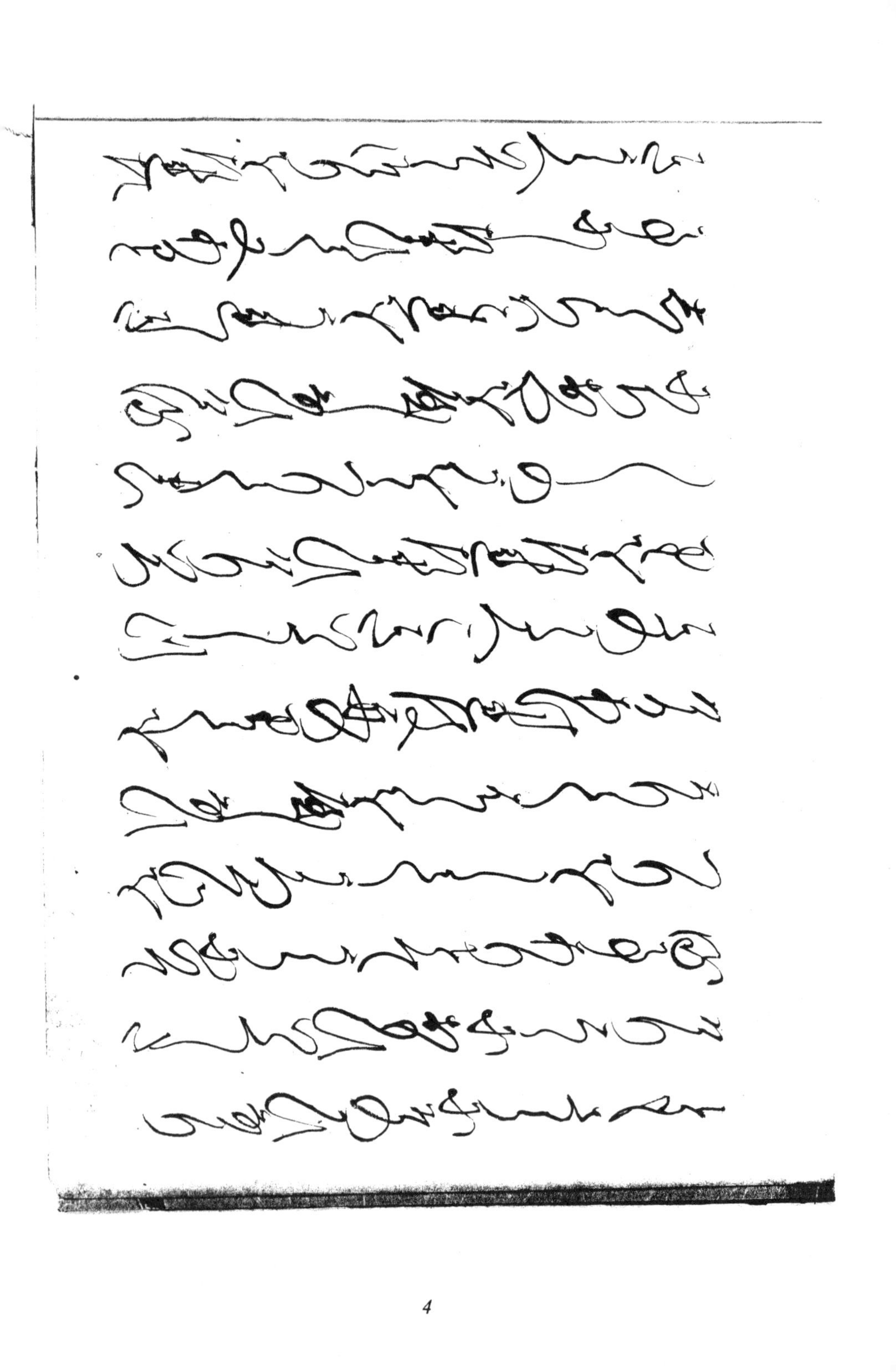

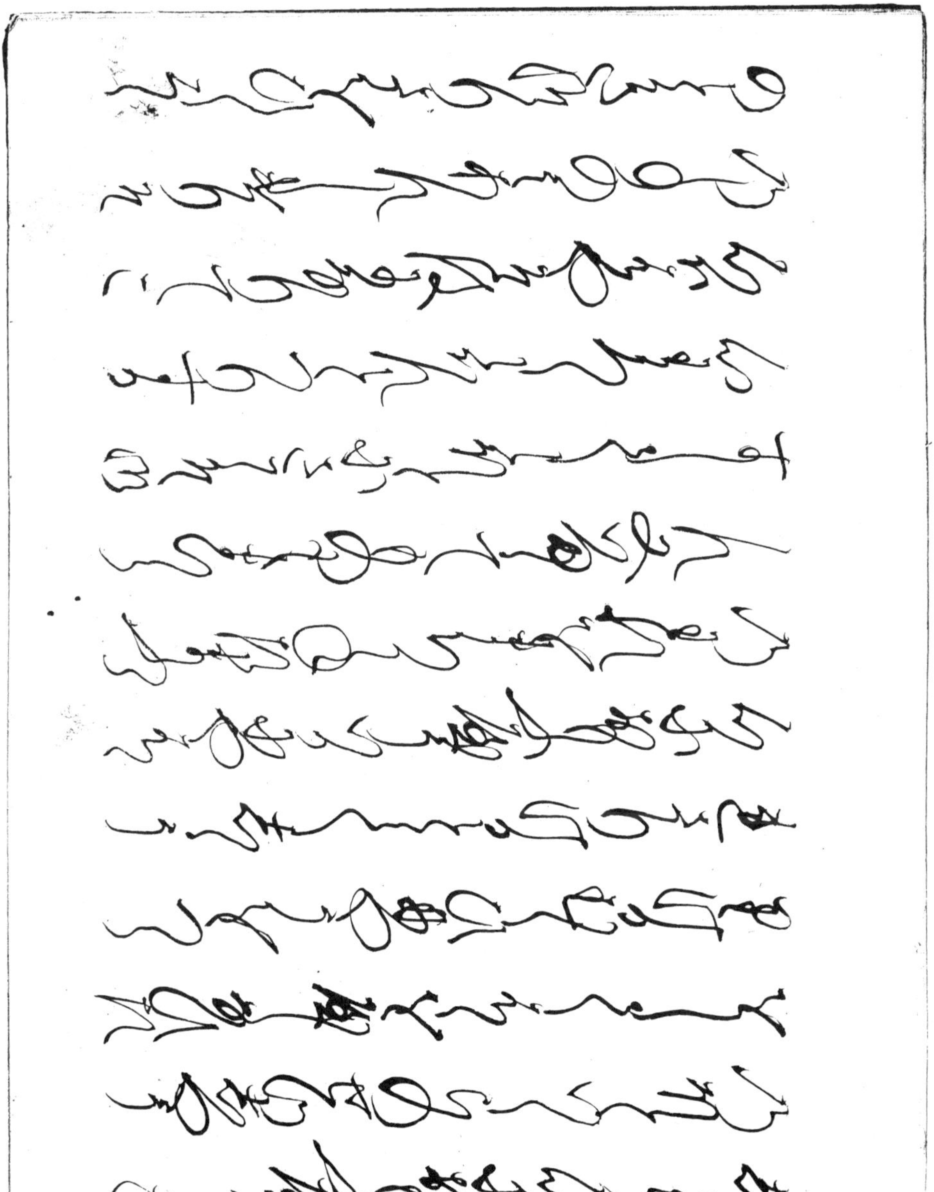

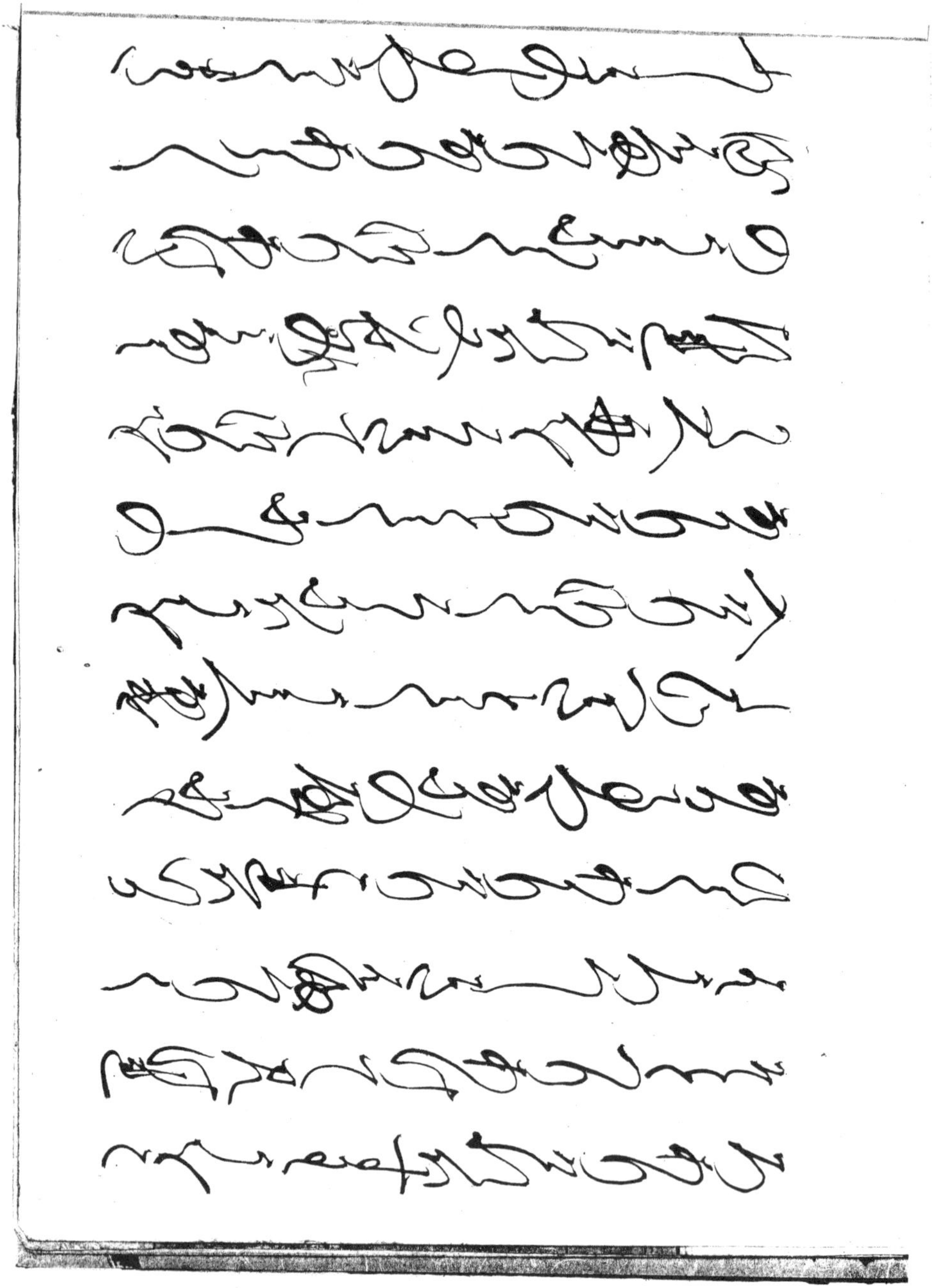

えりたりしかさ入れり
そのゆえこゝろへて
てけりとけしきれなき
みしのこゝろみくつりわ
けれのこゝろにかりきて
らむむかしにこれかなさい
あしこのすましてとか
すことかすすことゆへゆ
まあけれりこゝあかる
こせ乃らこりとえこるて
のかしとくこりあけて
なのうらへかけへりて
つりとけしきにれこのある

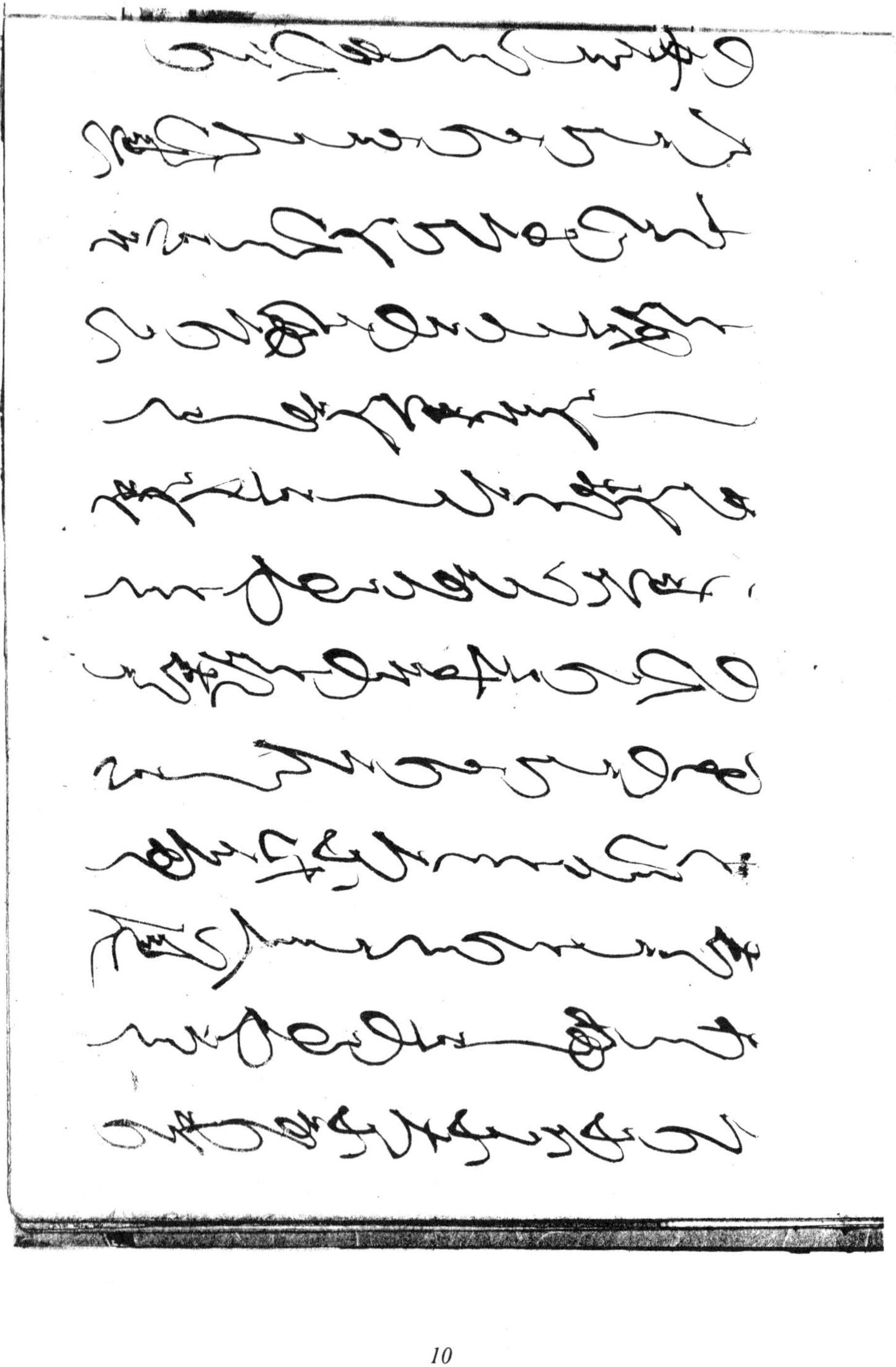

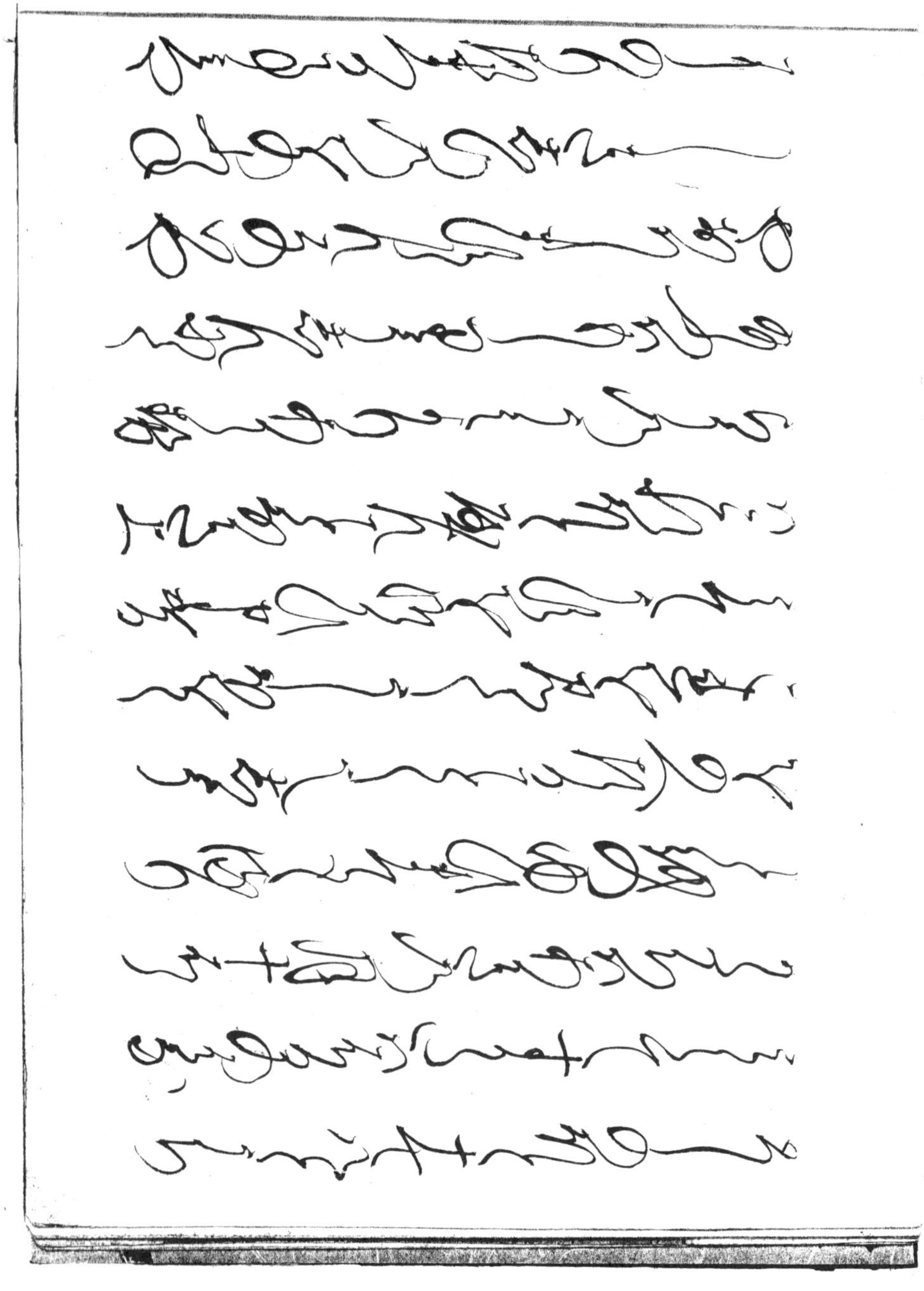

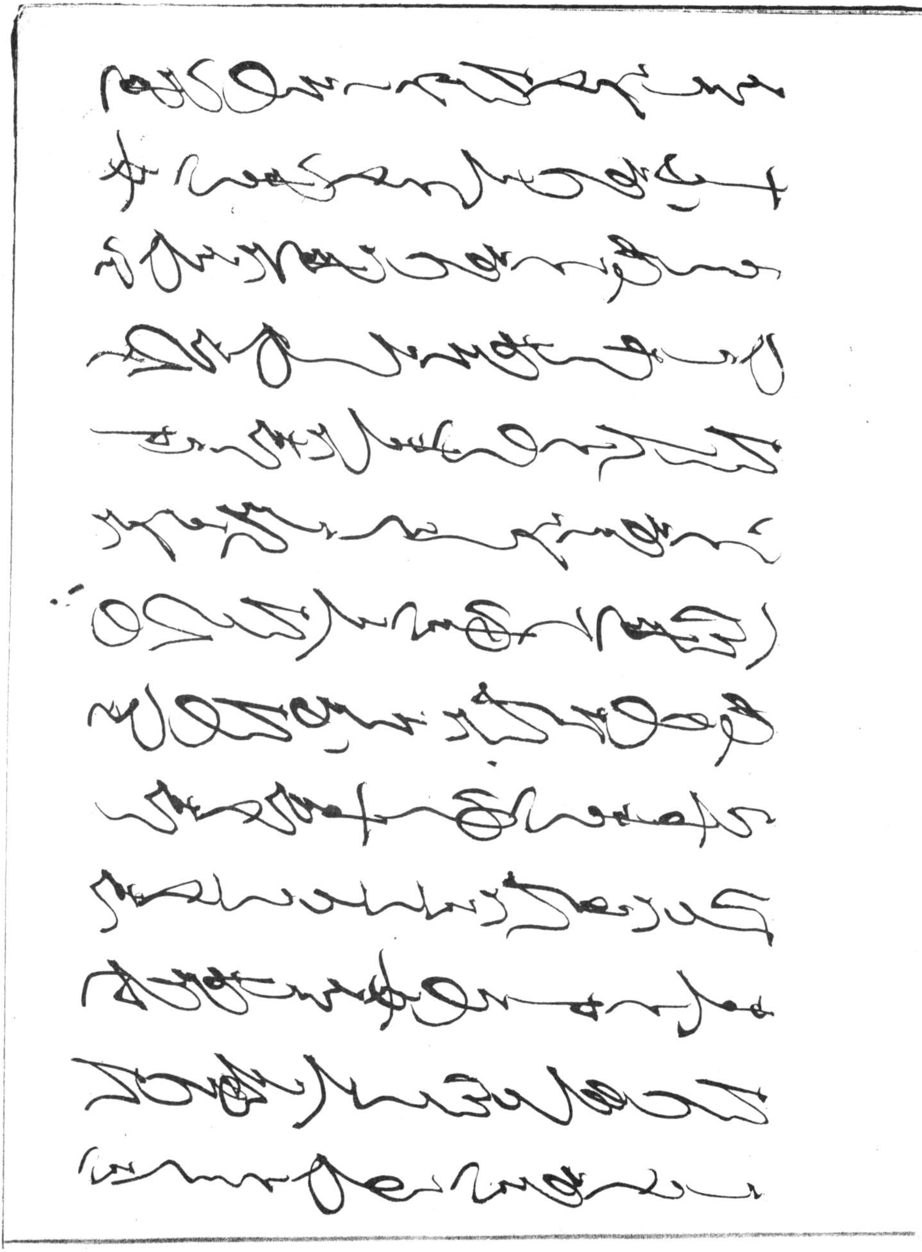

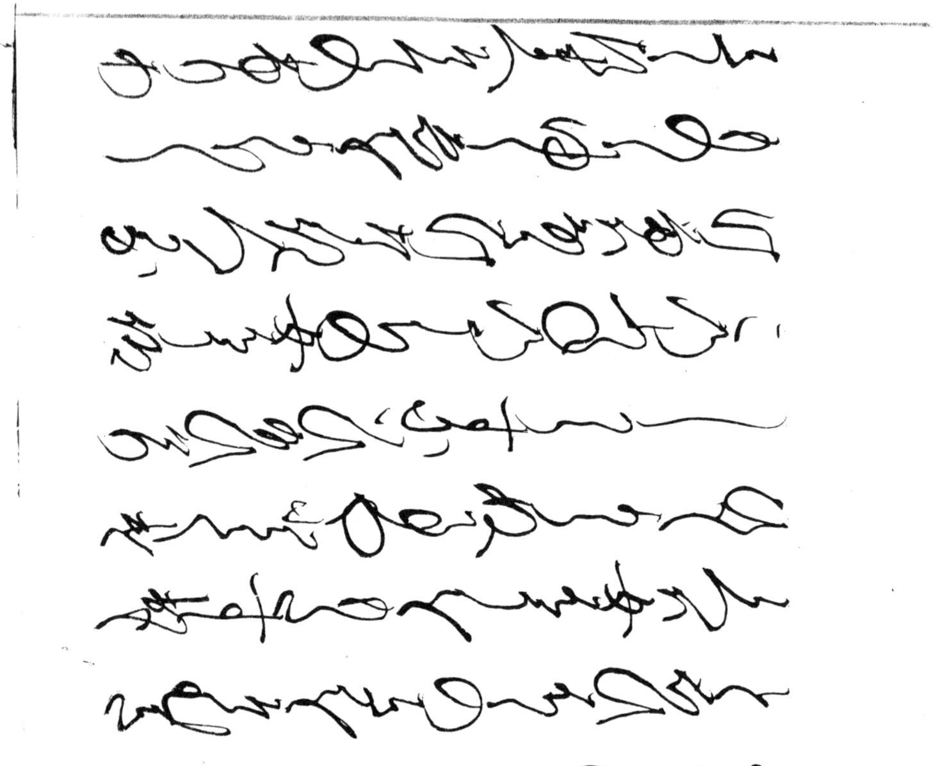

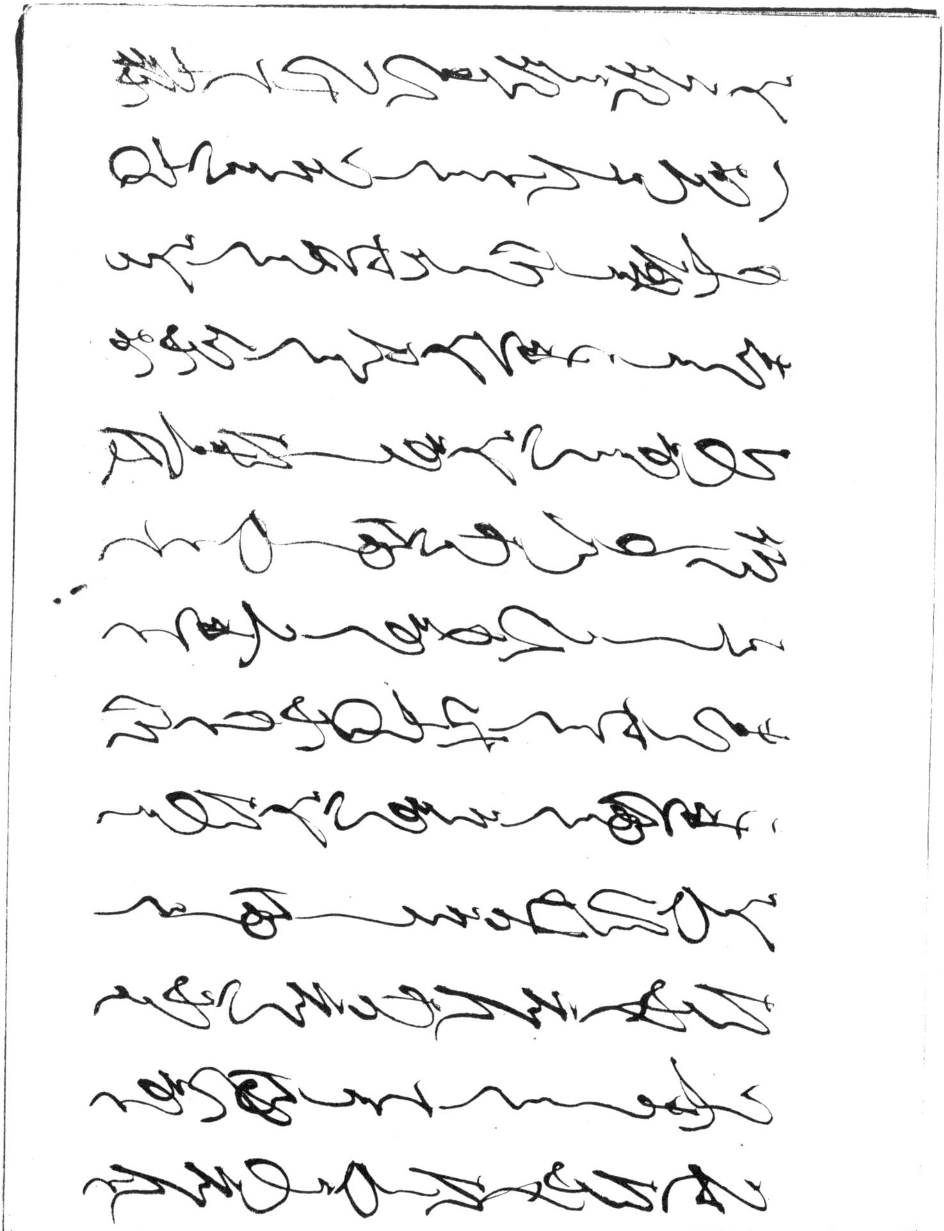

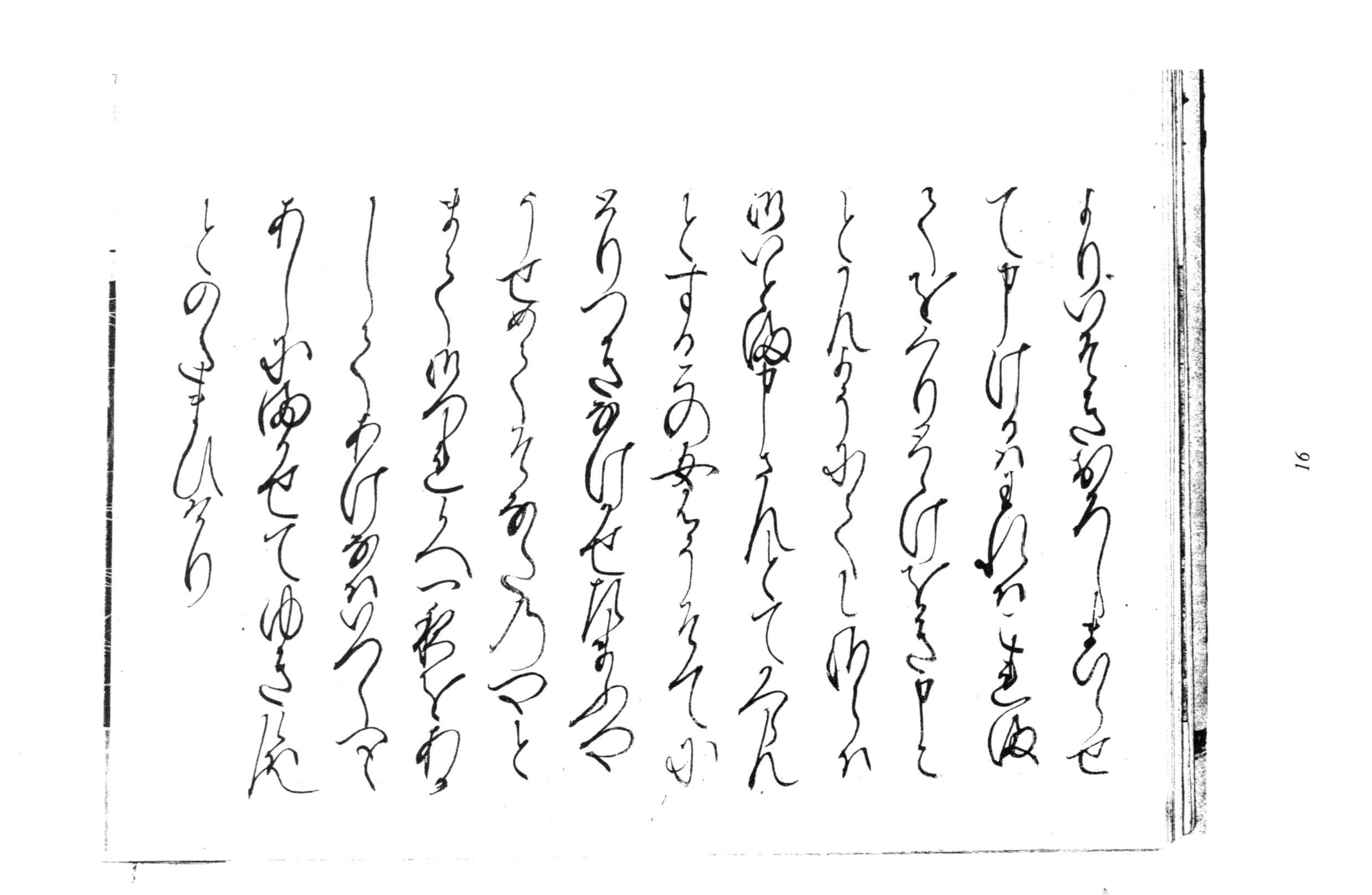

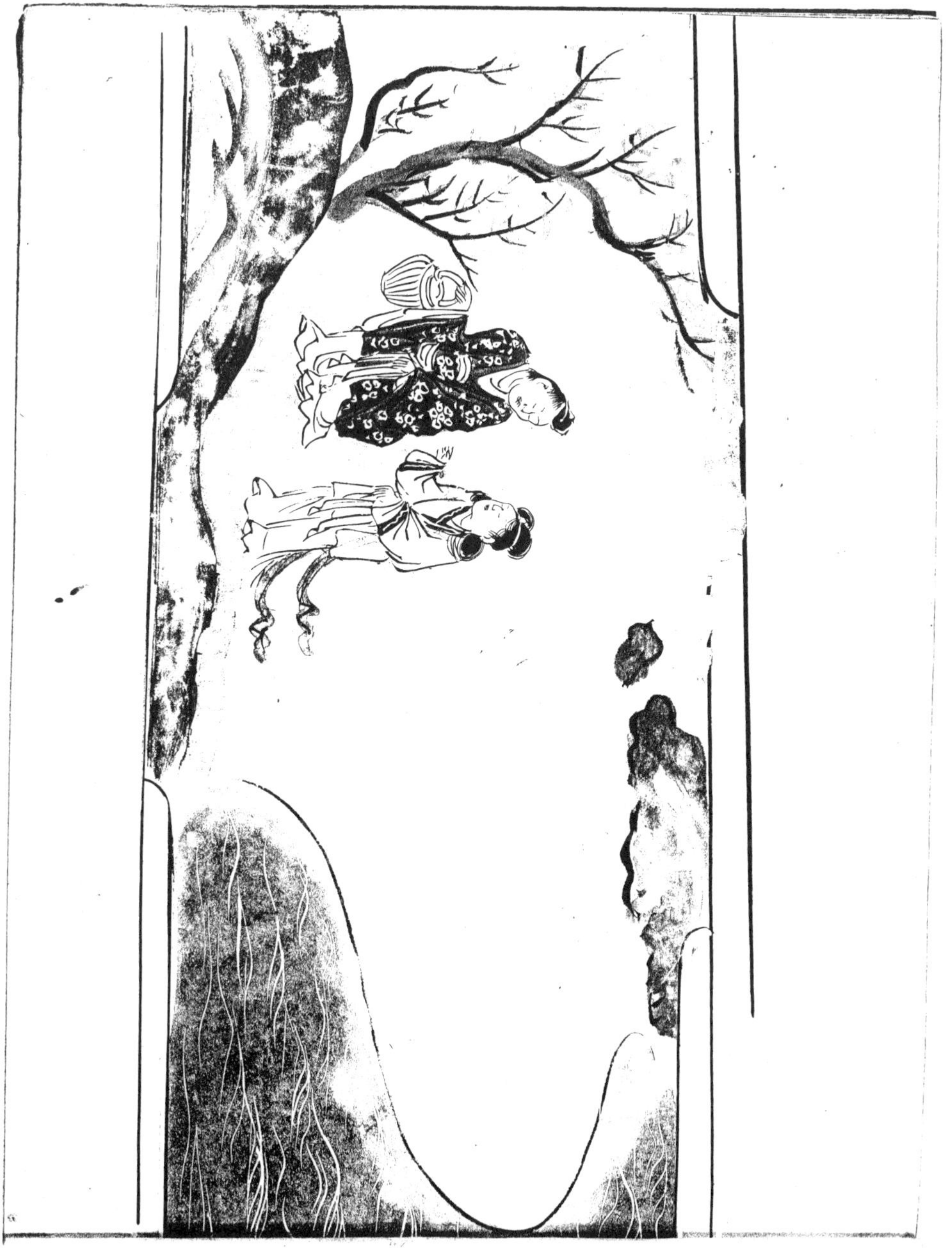

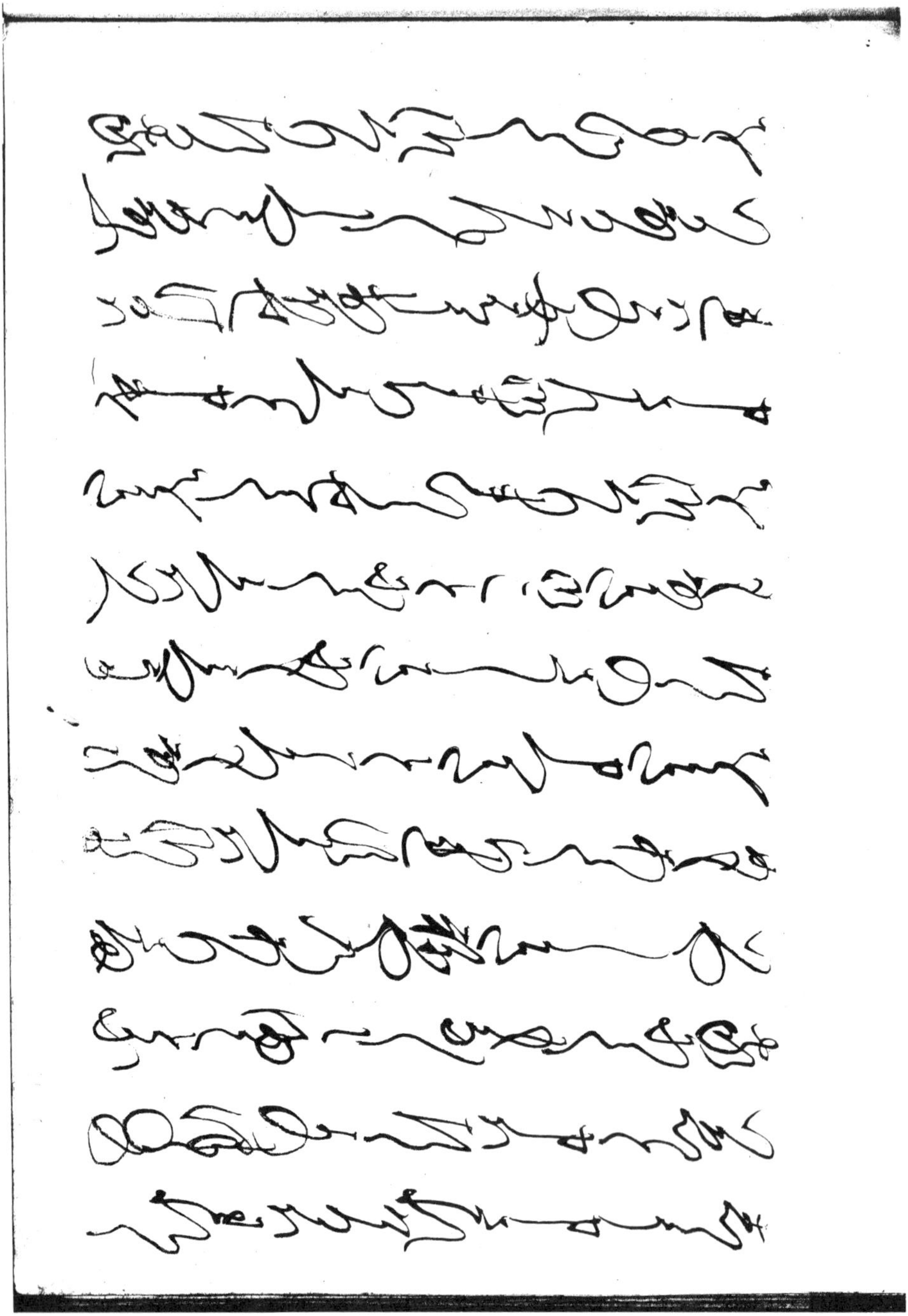

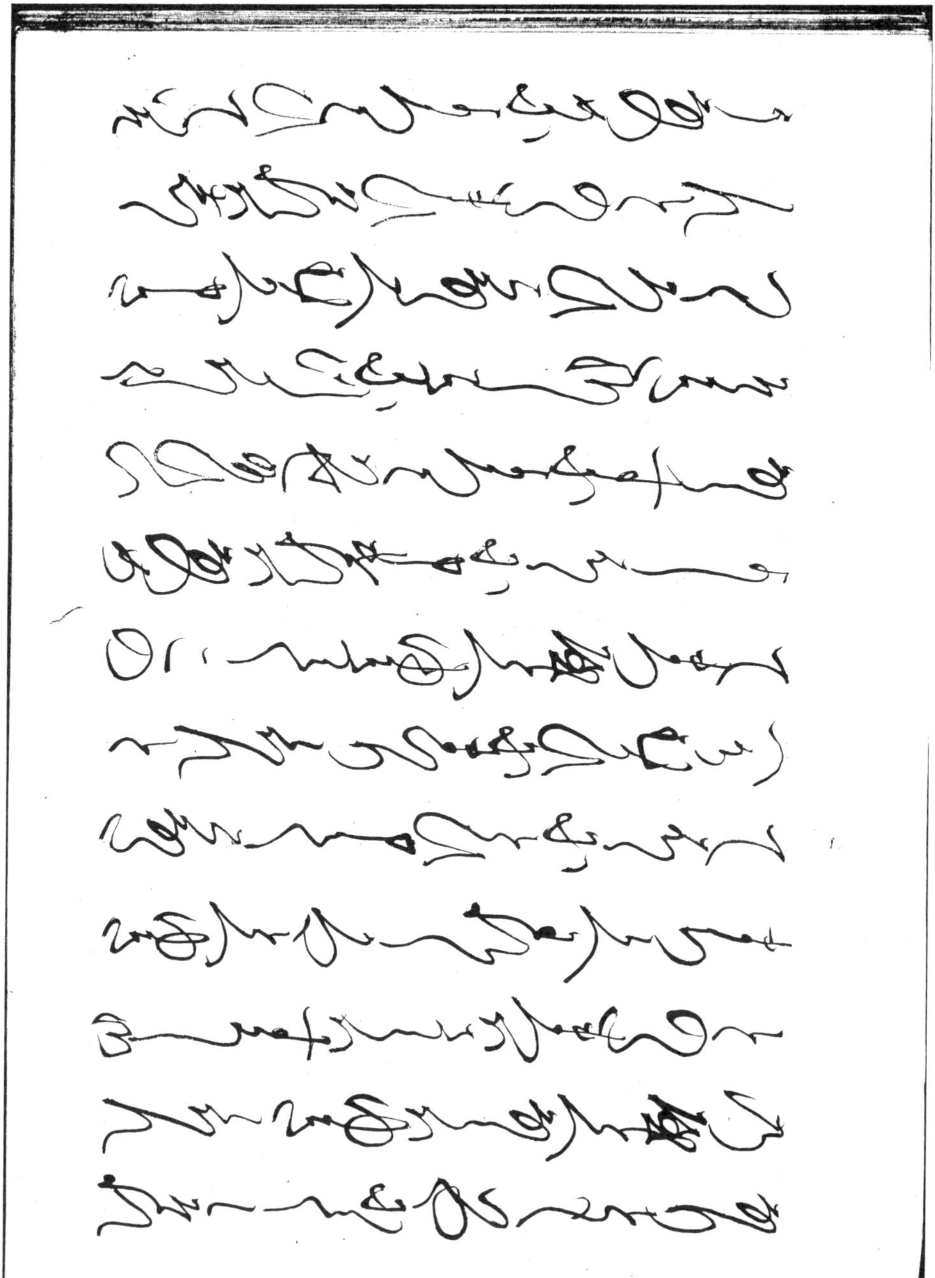

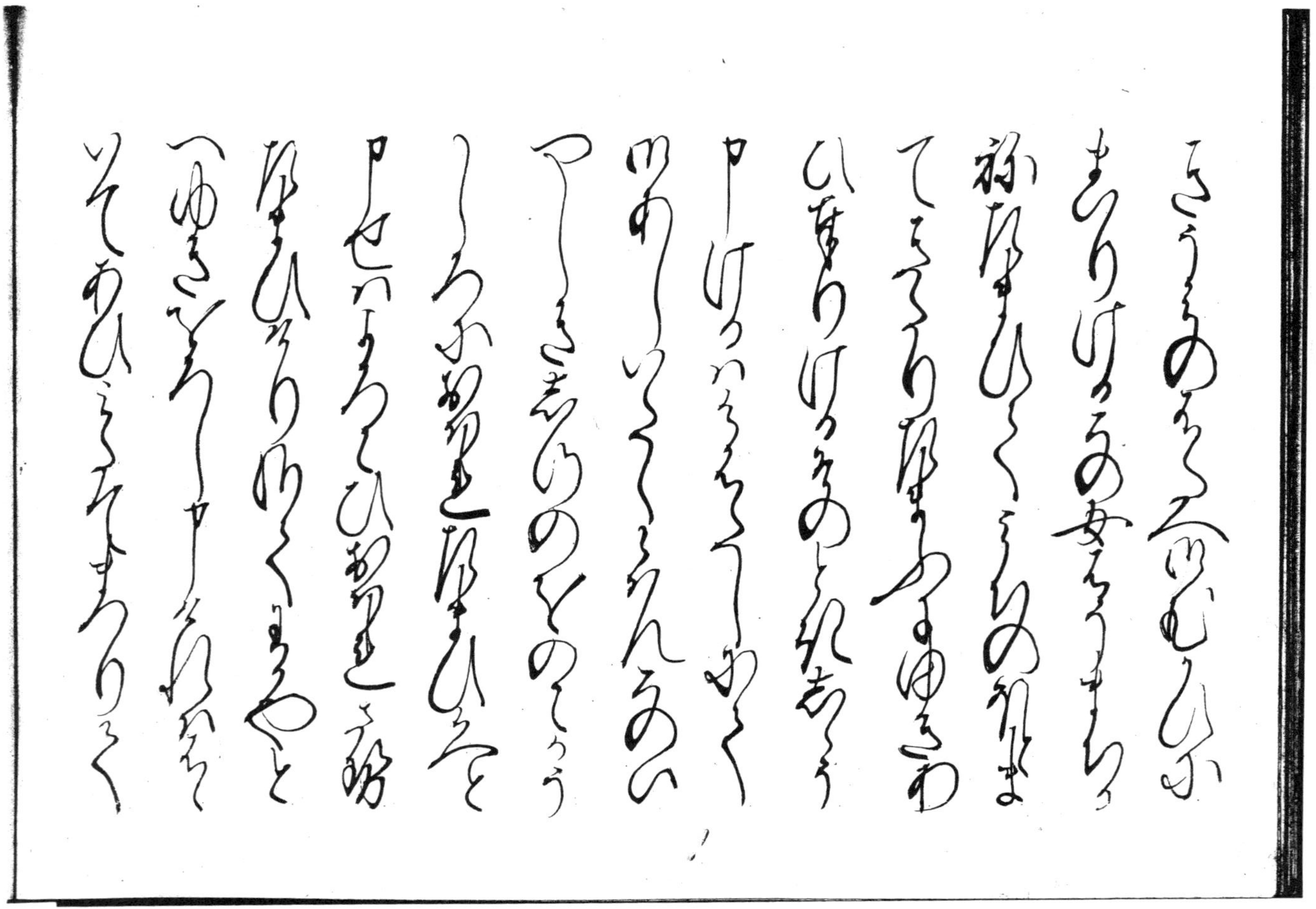

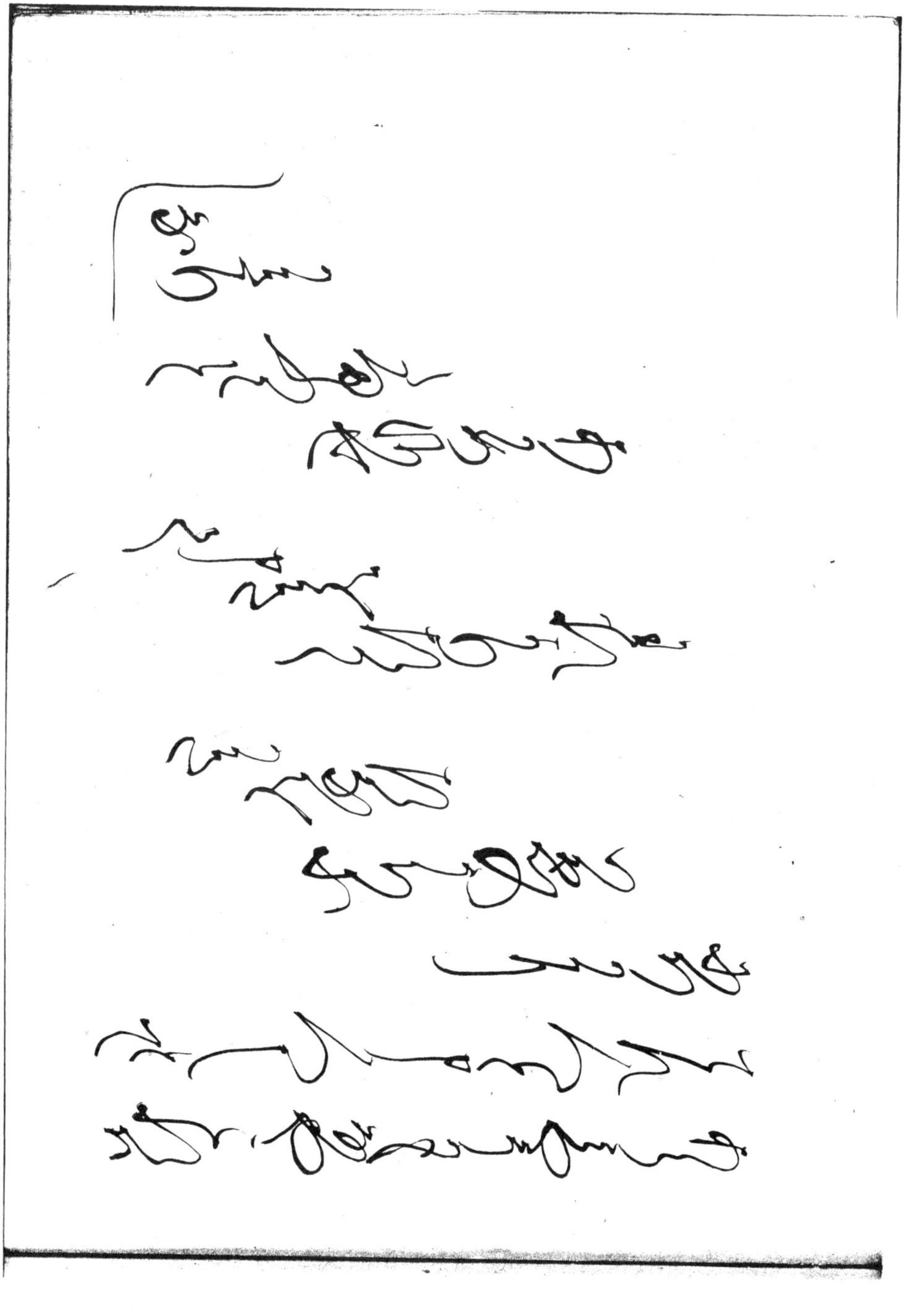

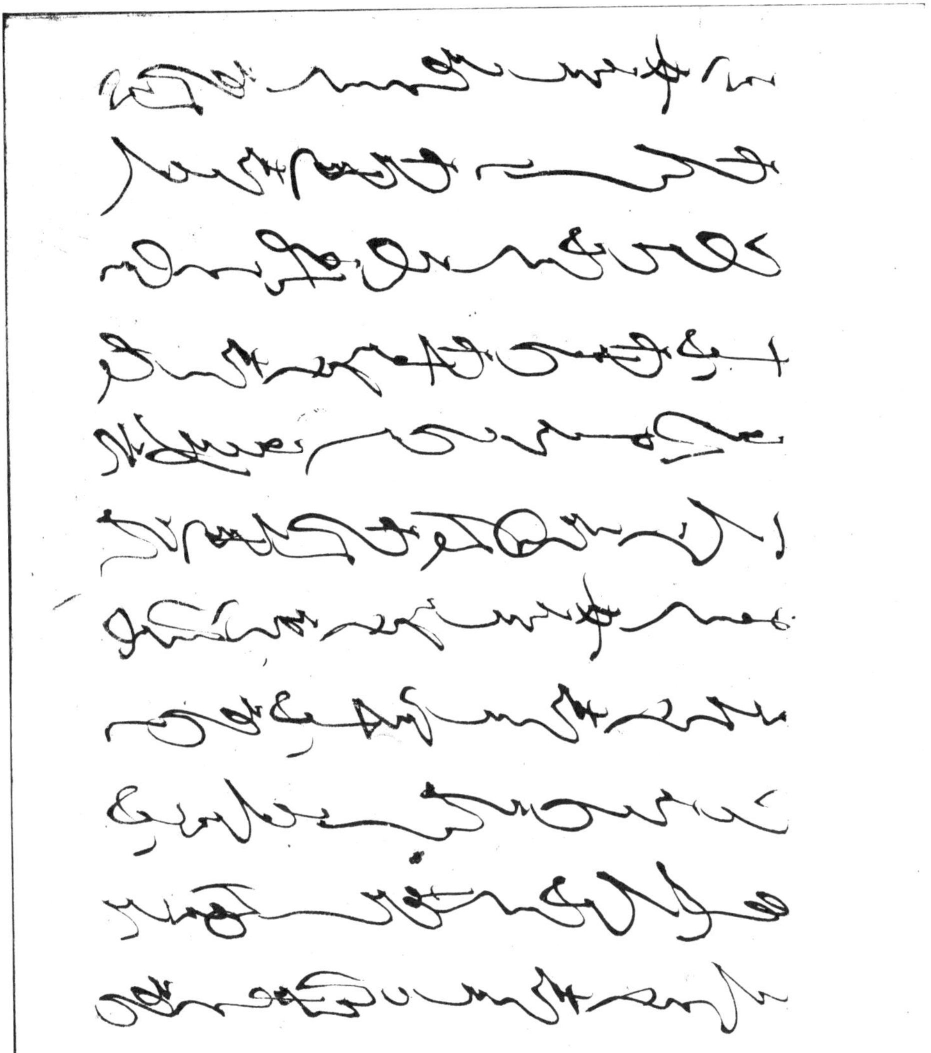

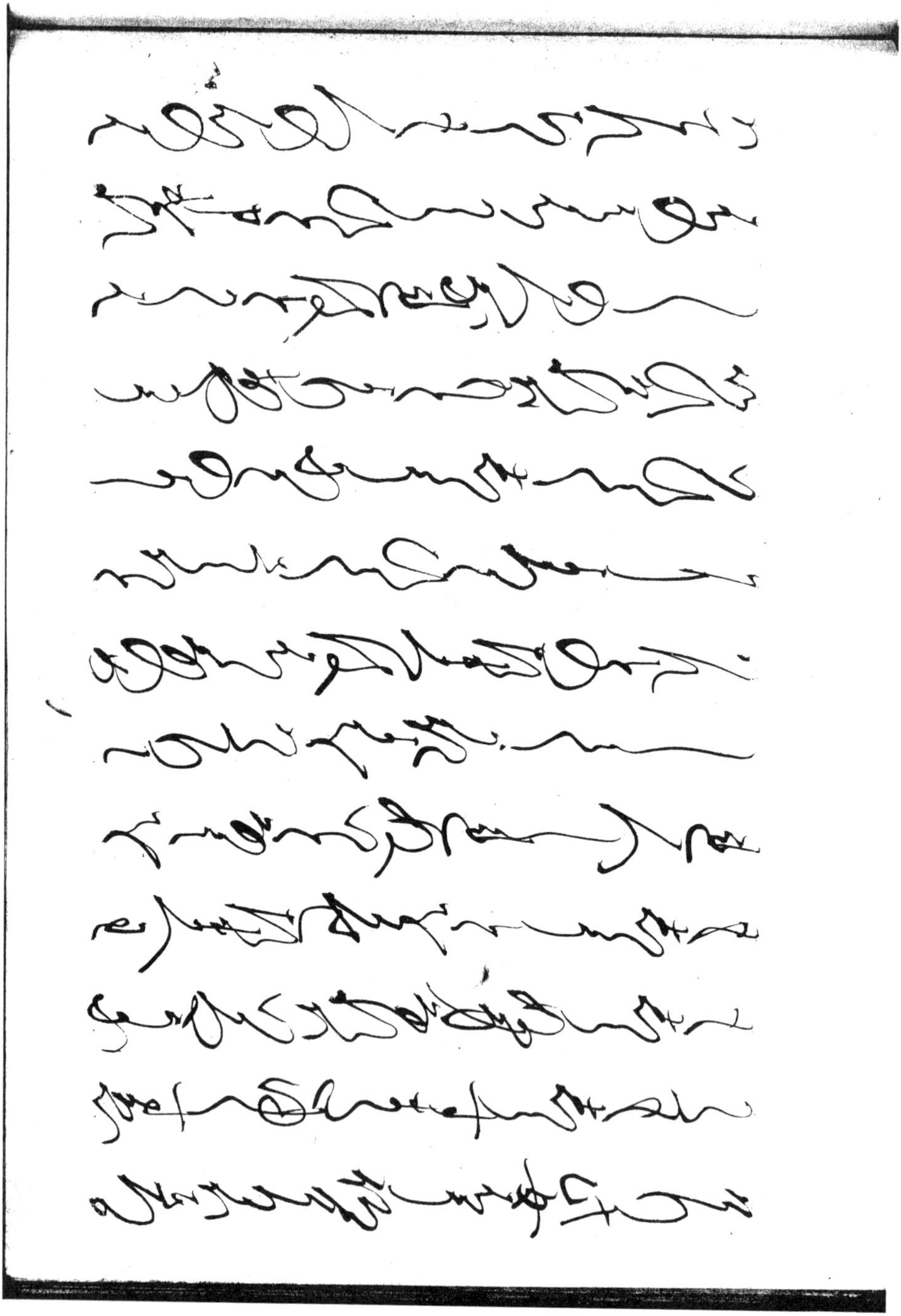

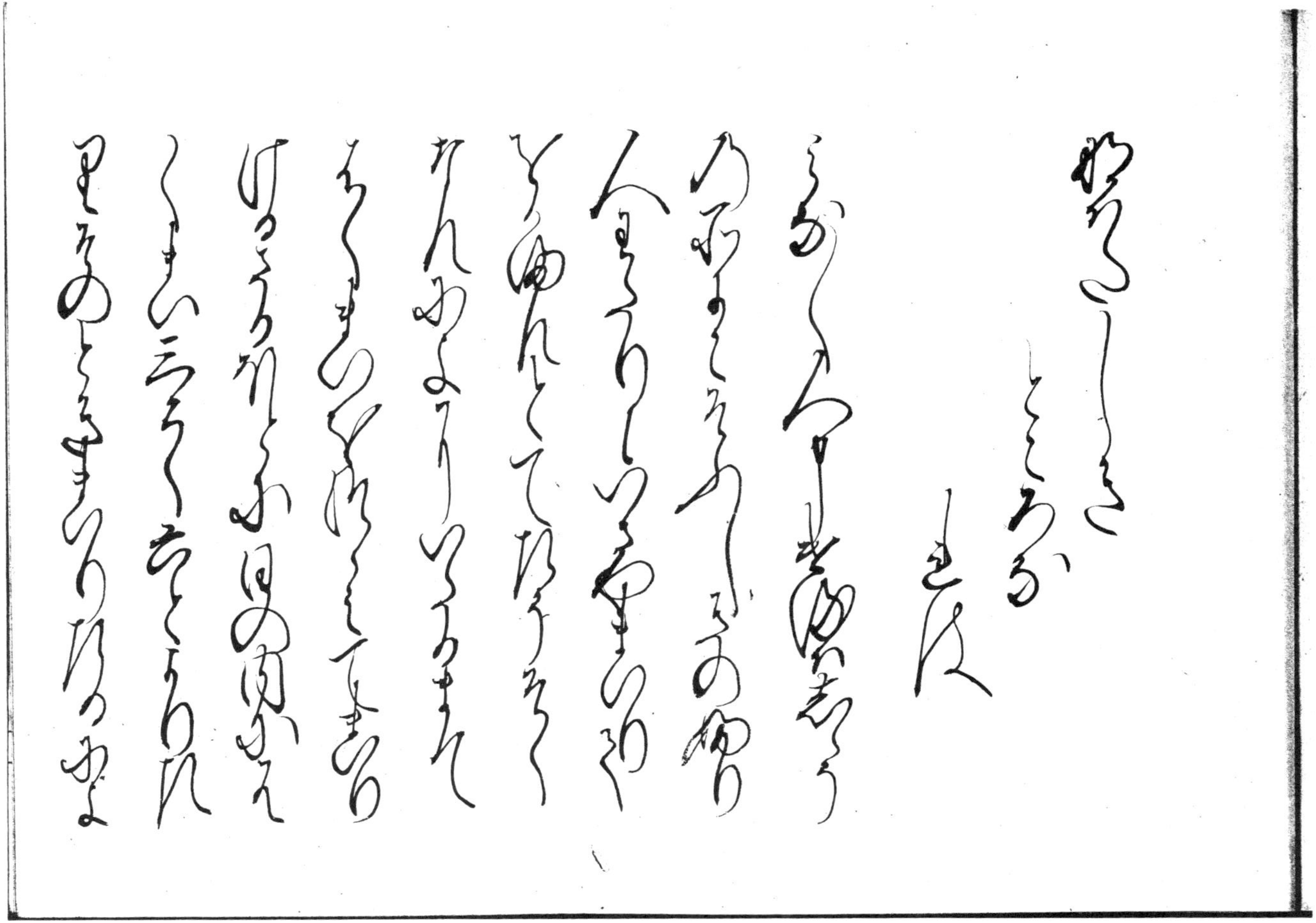

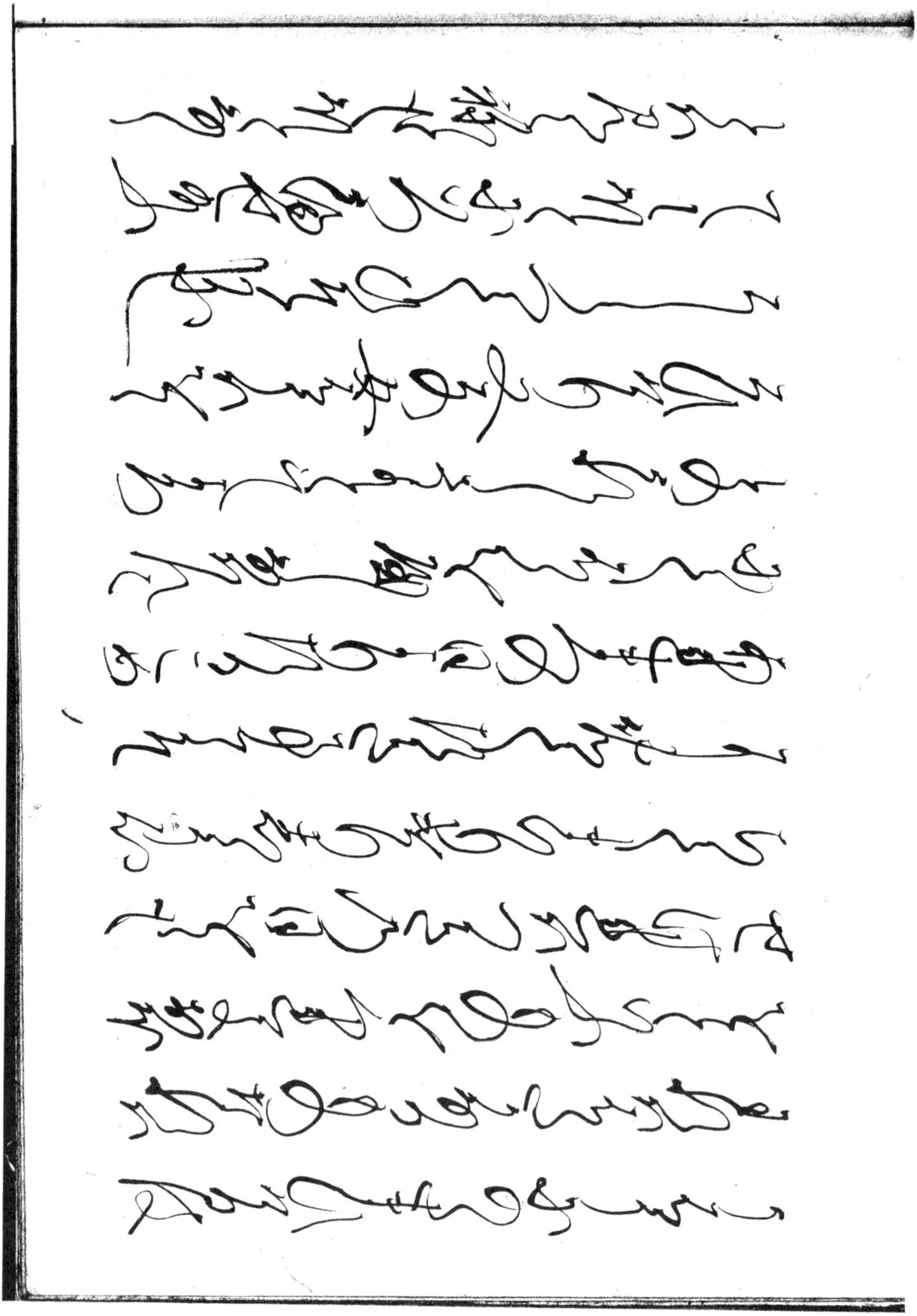

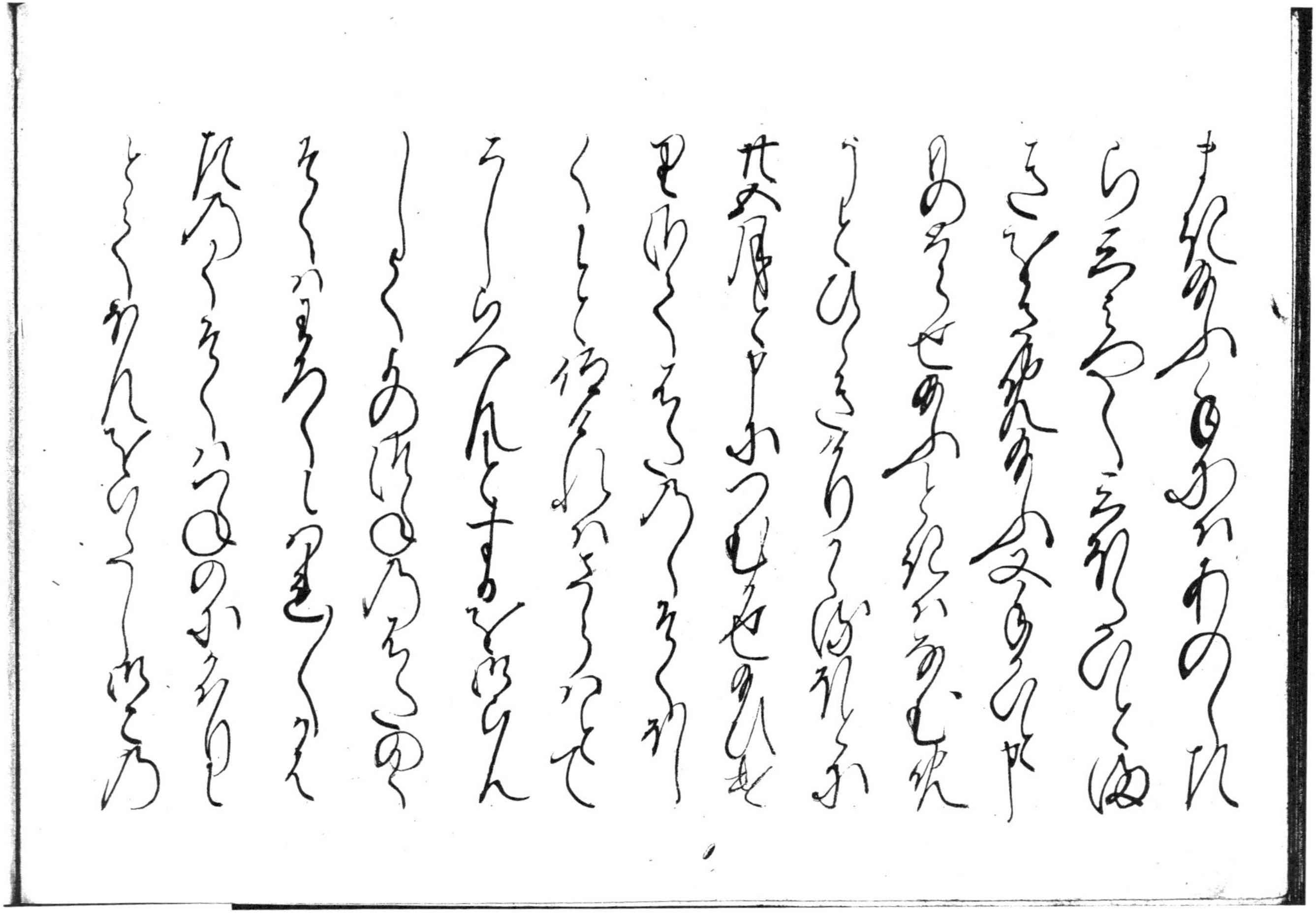

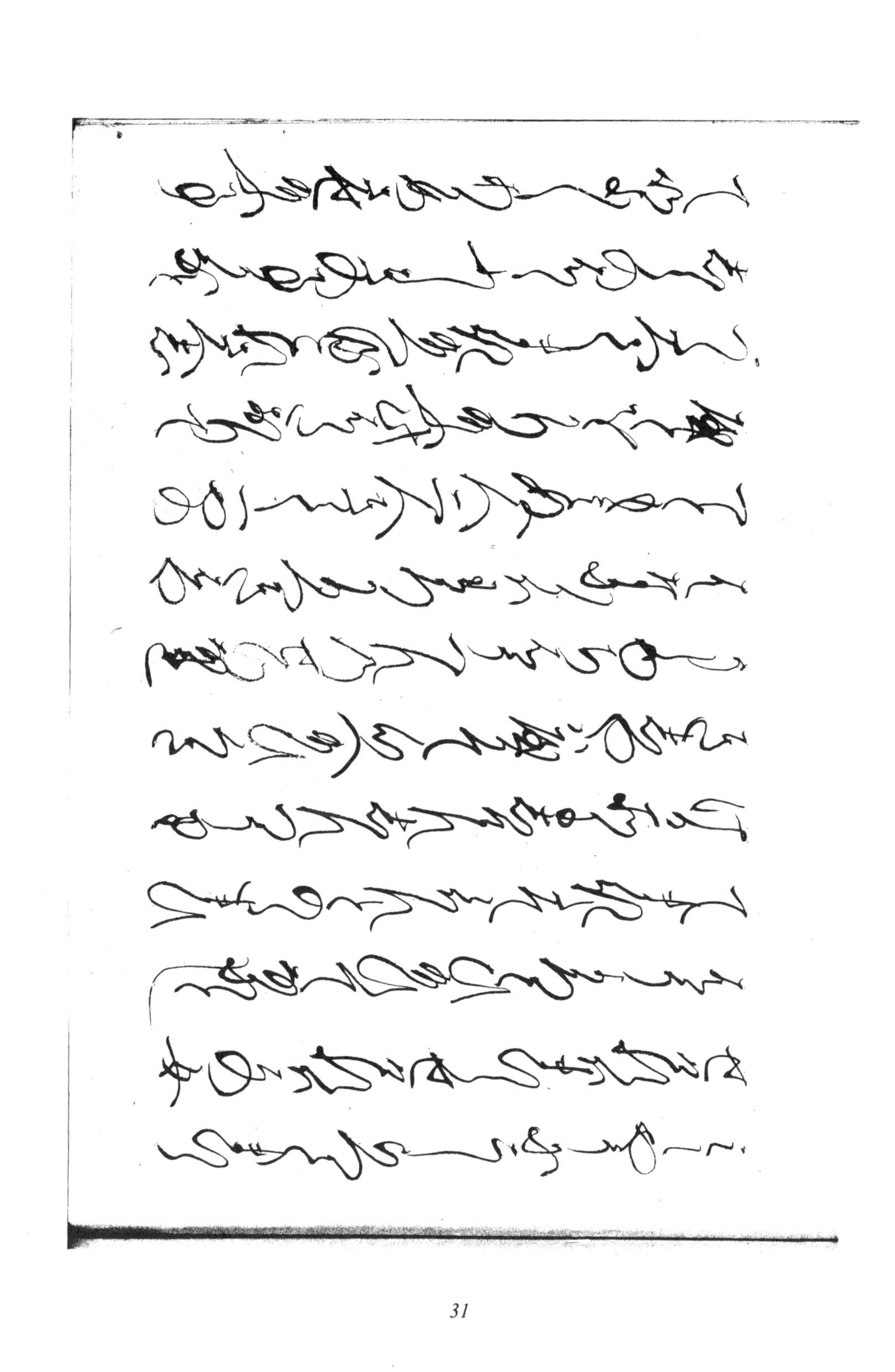

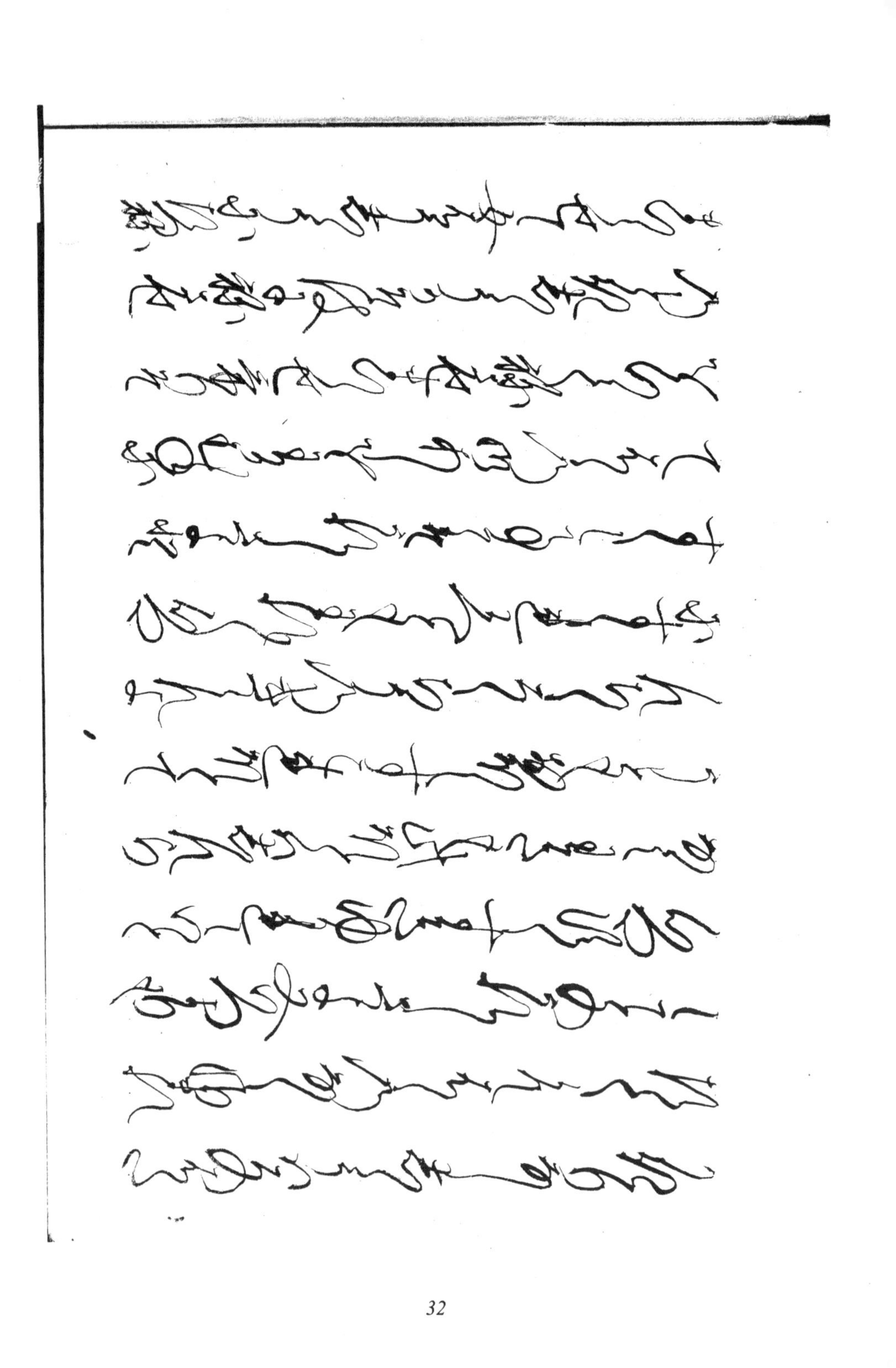

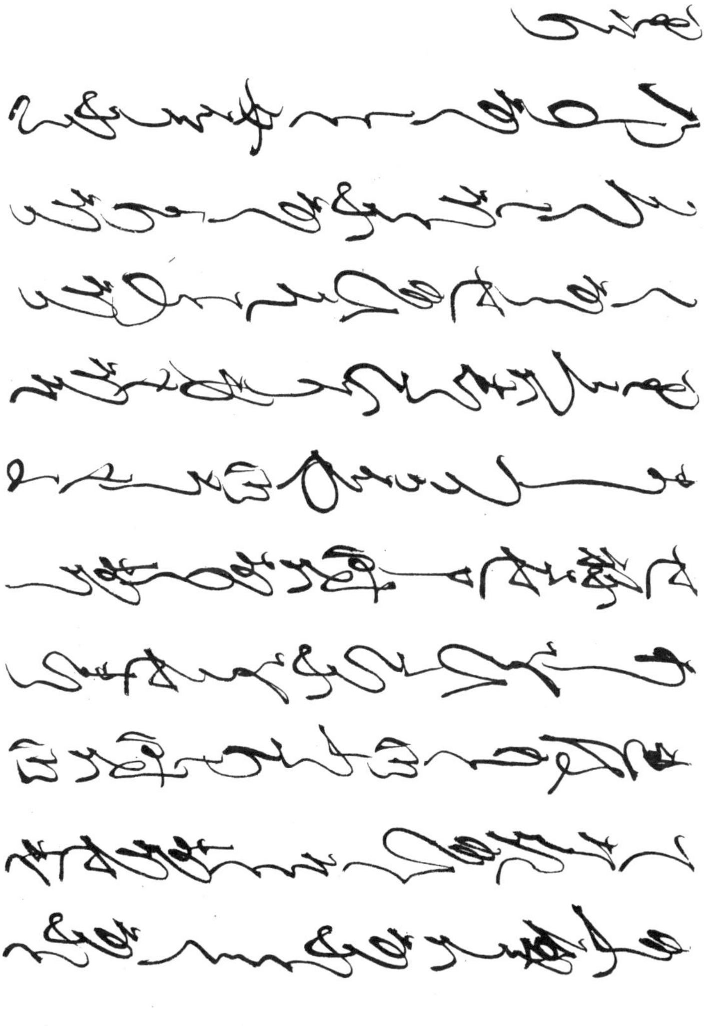

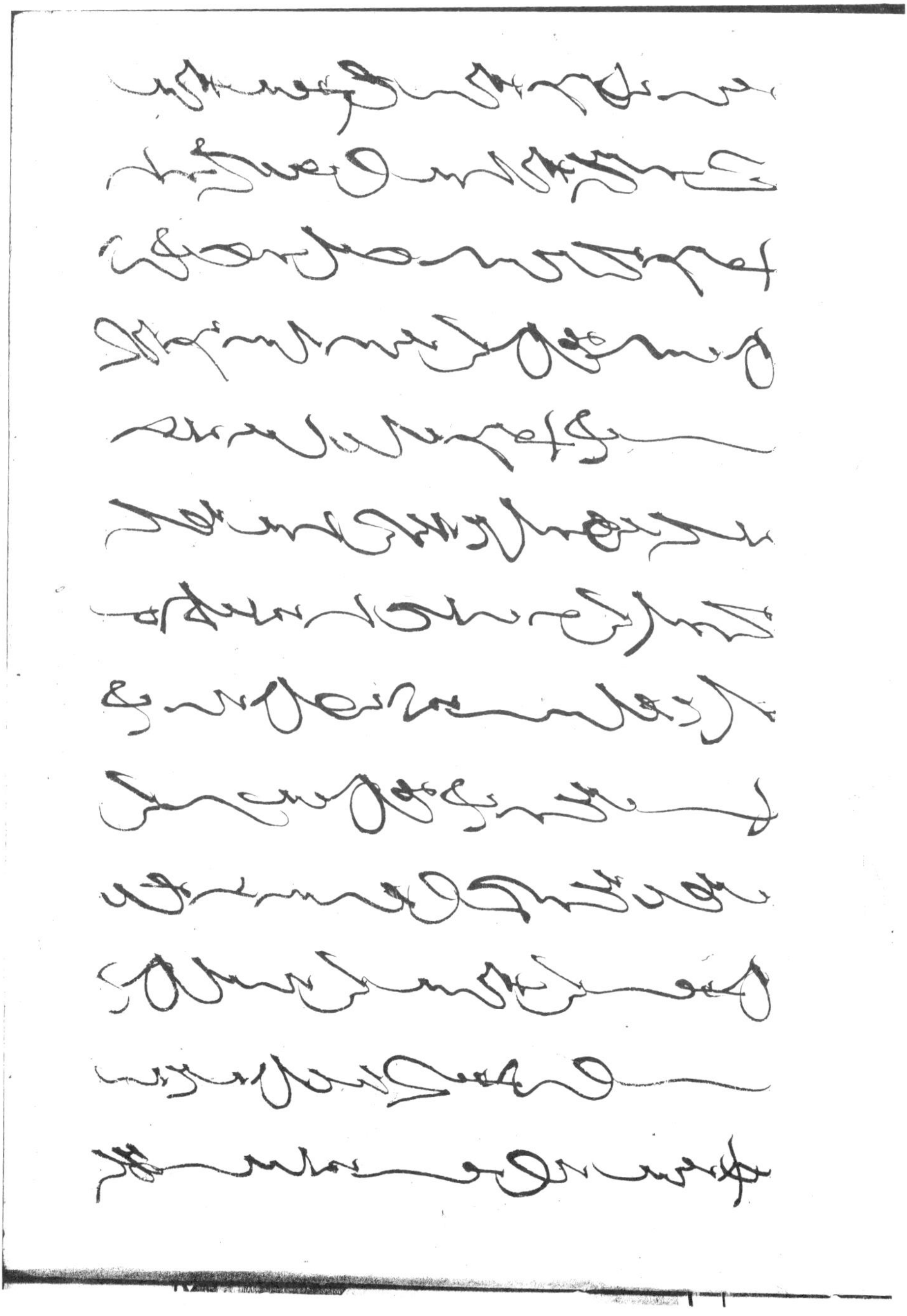

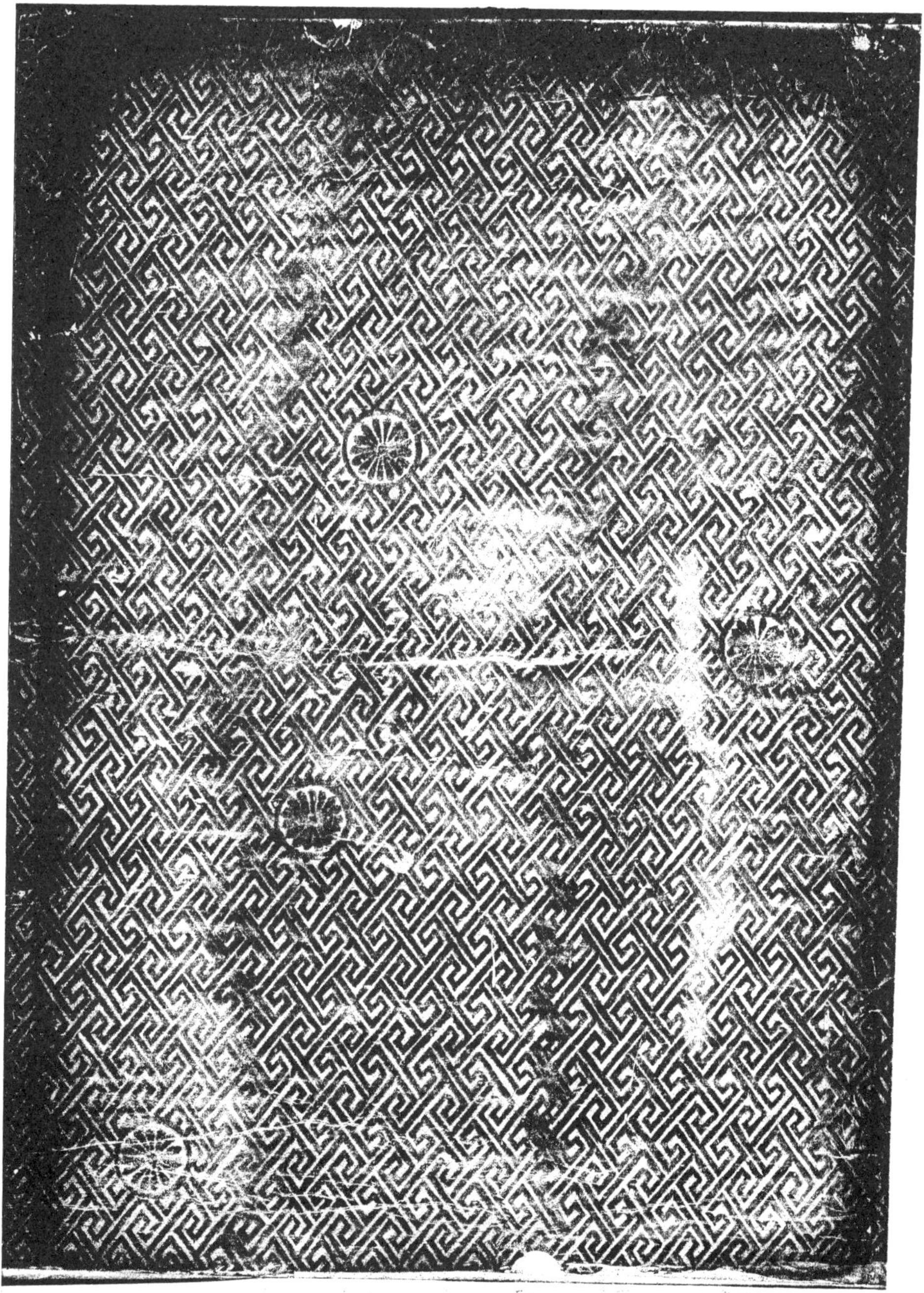

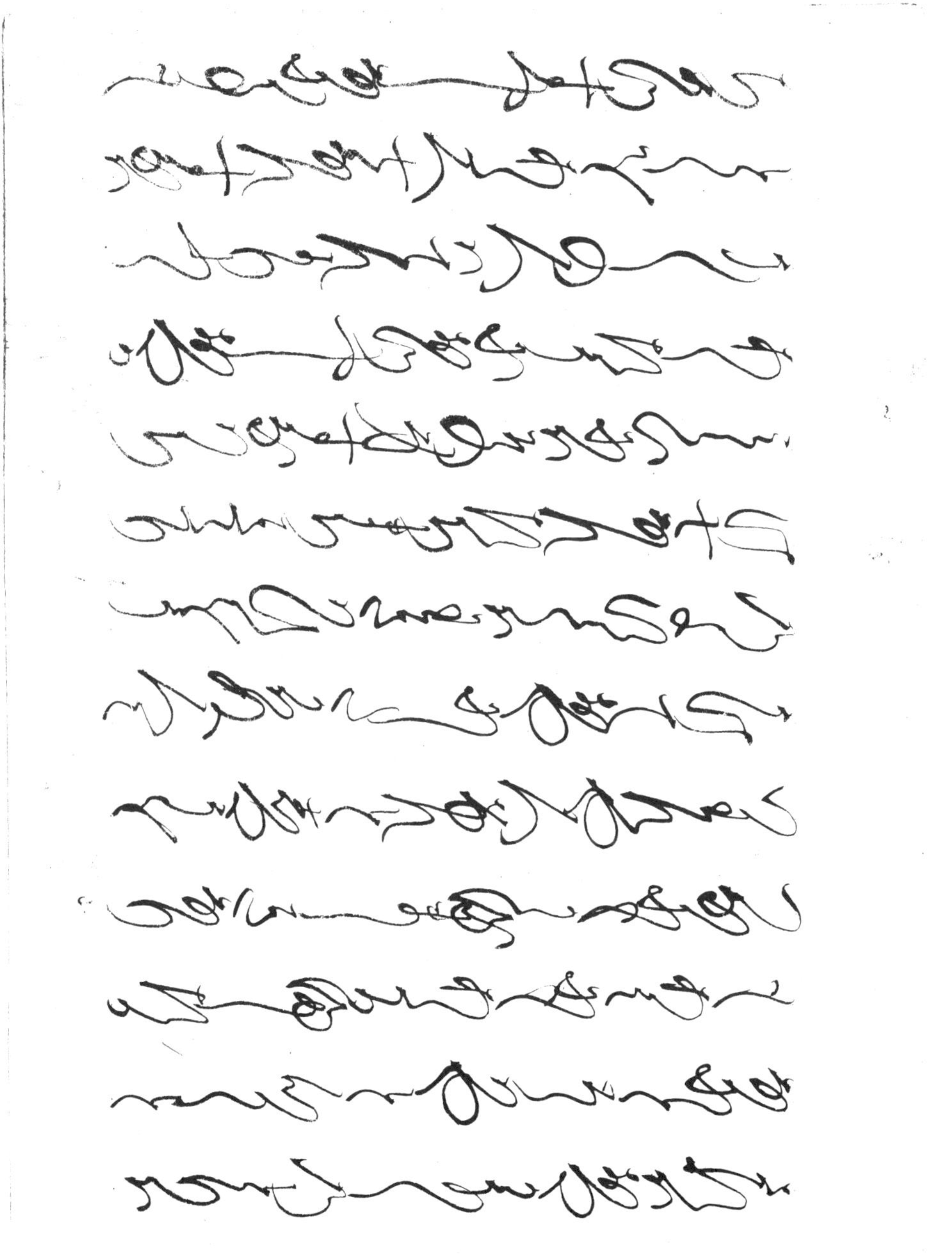

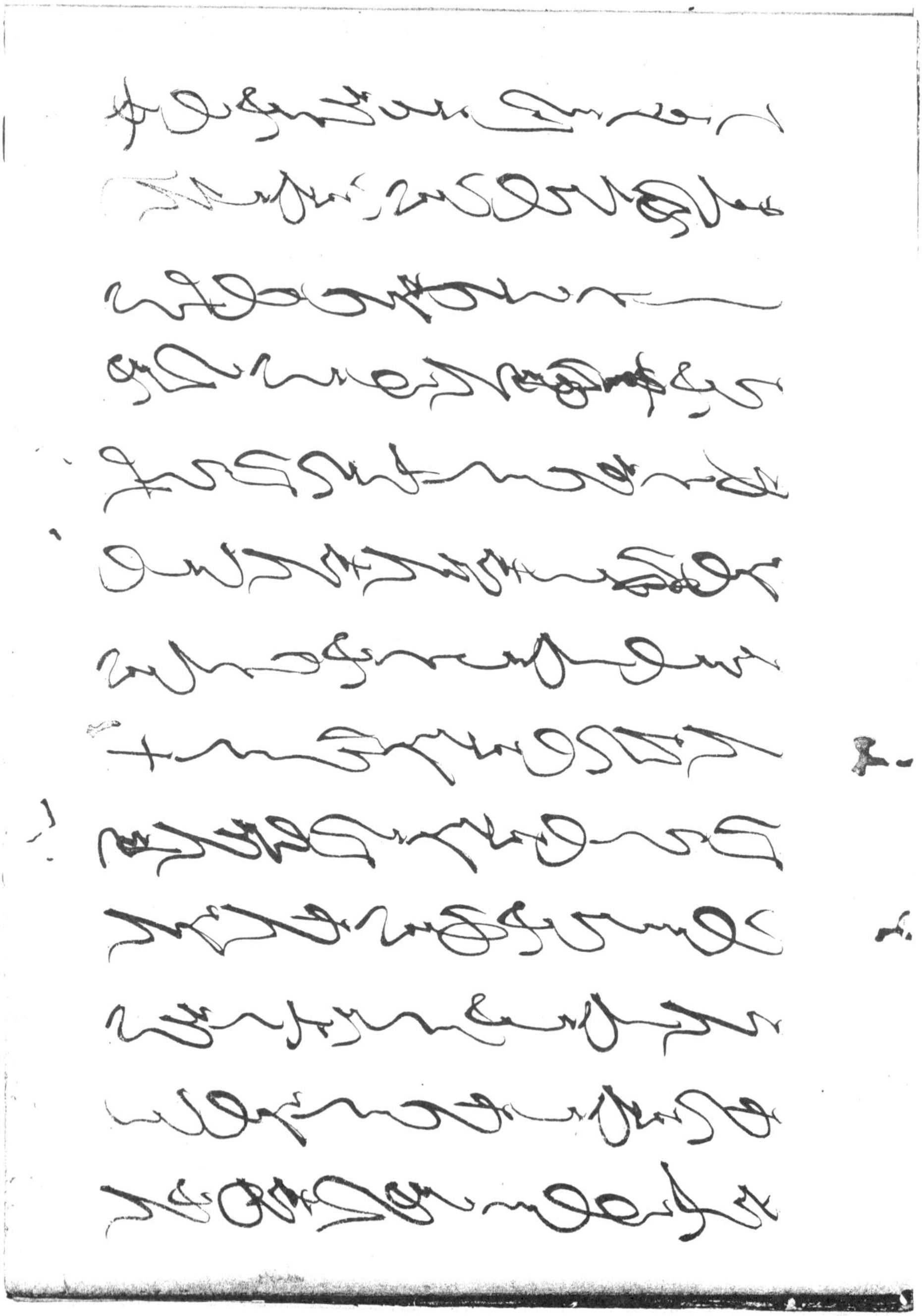

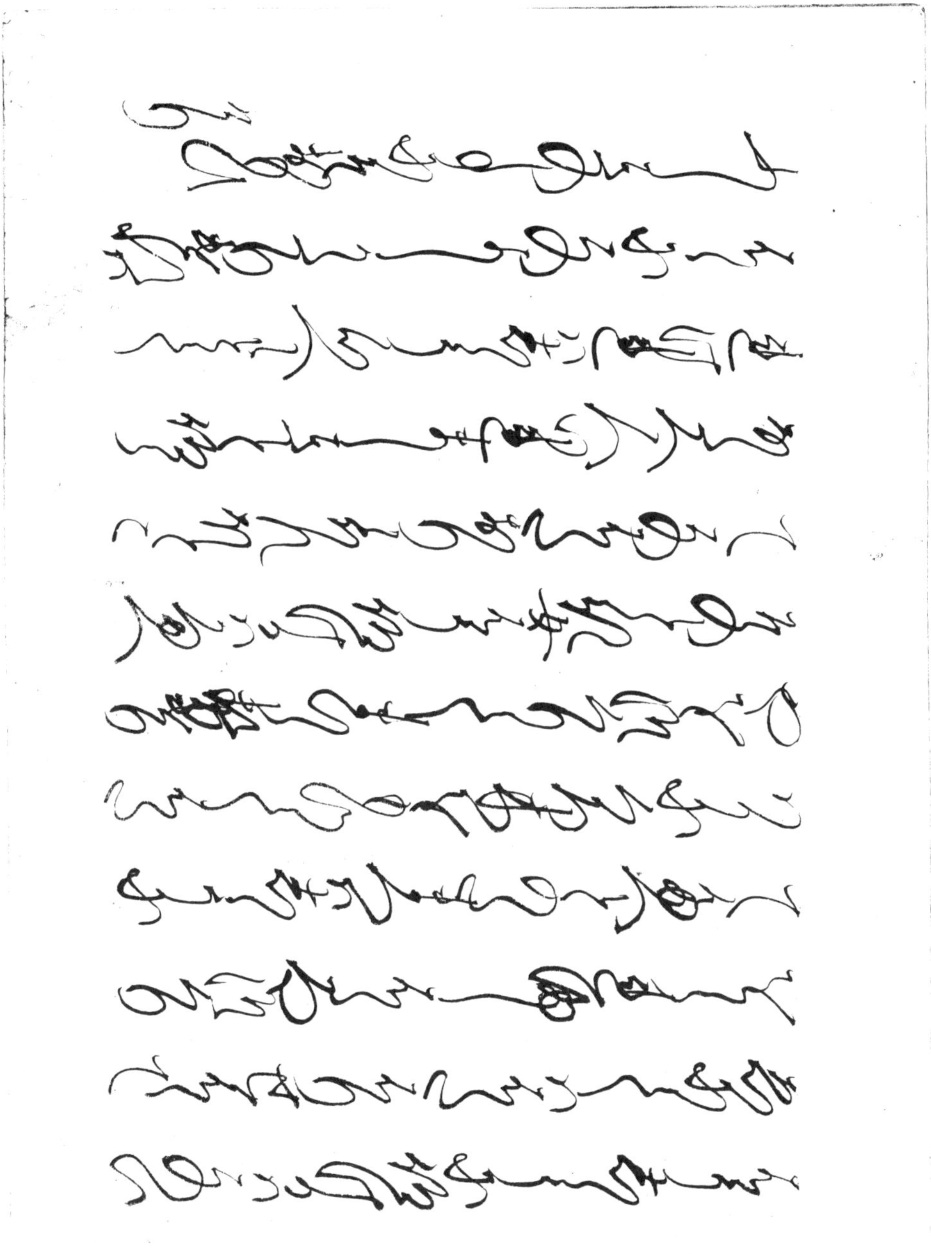

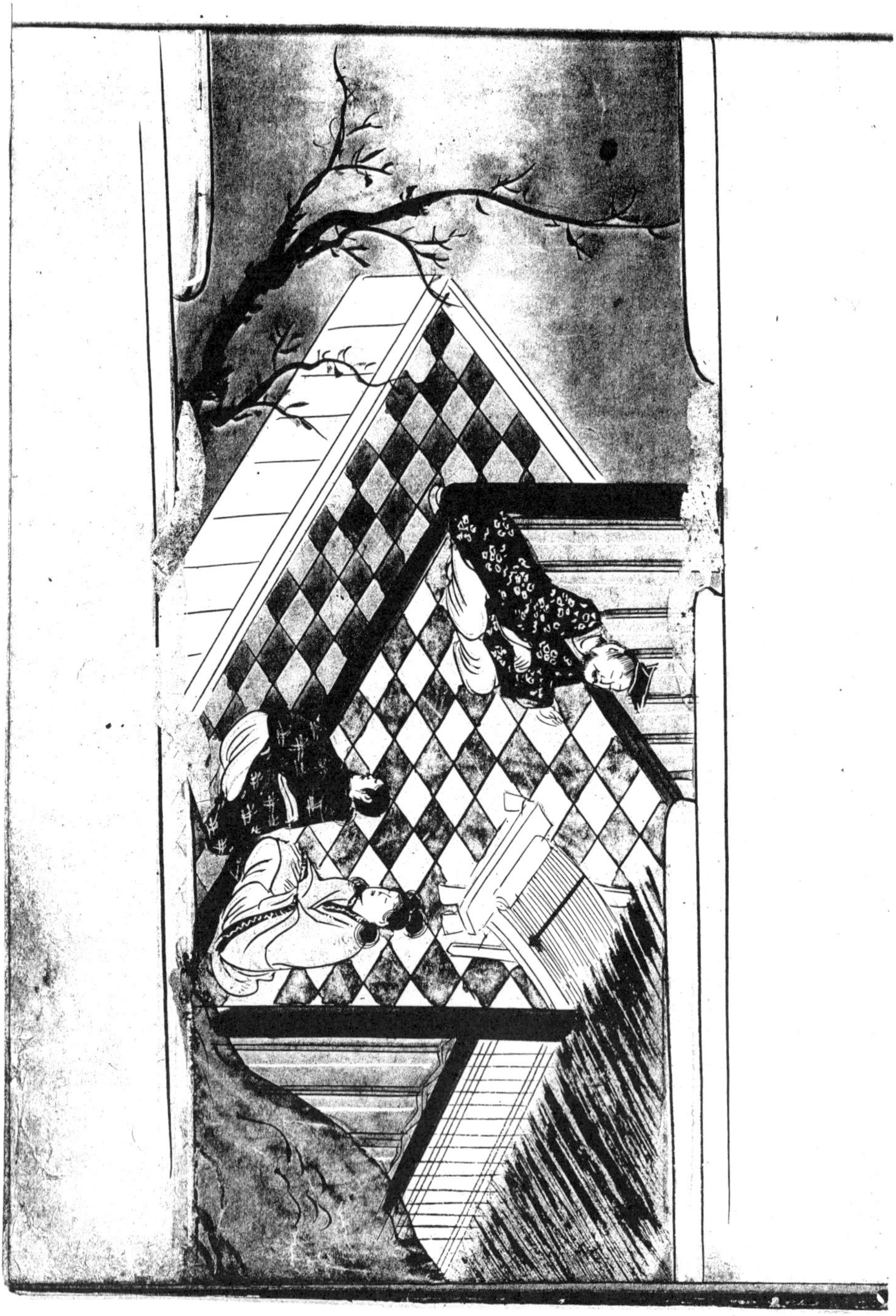

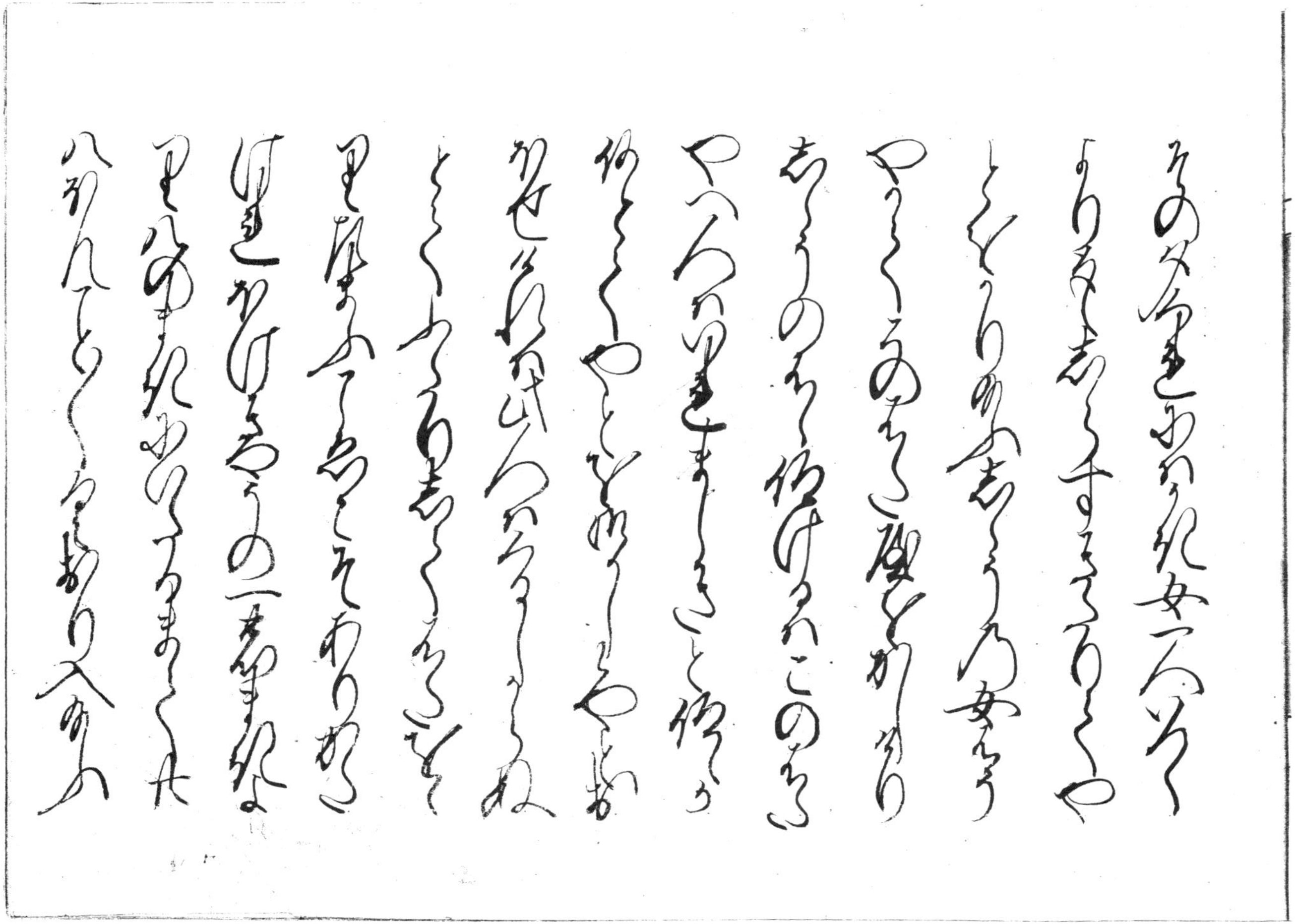

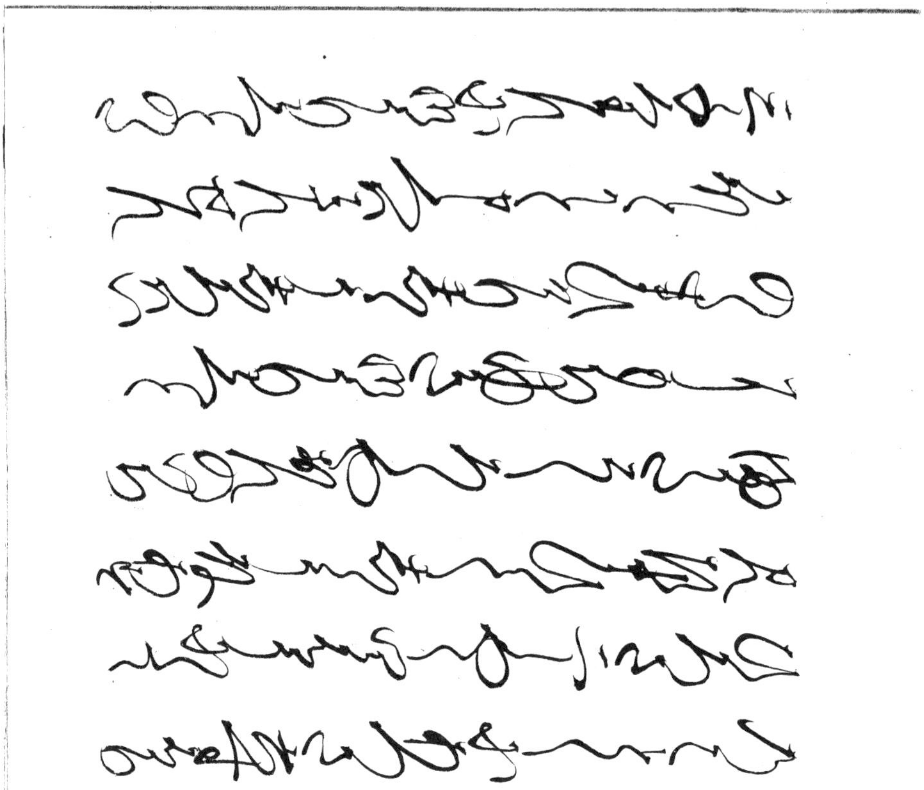

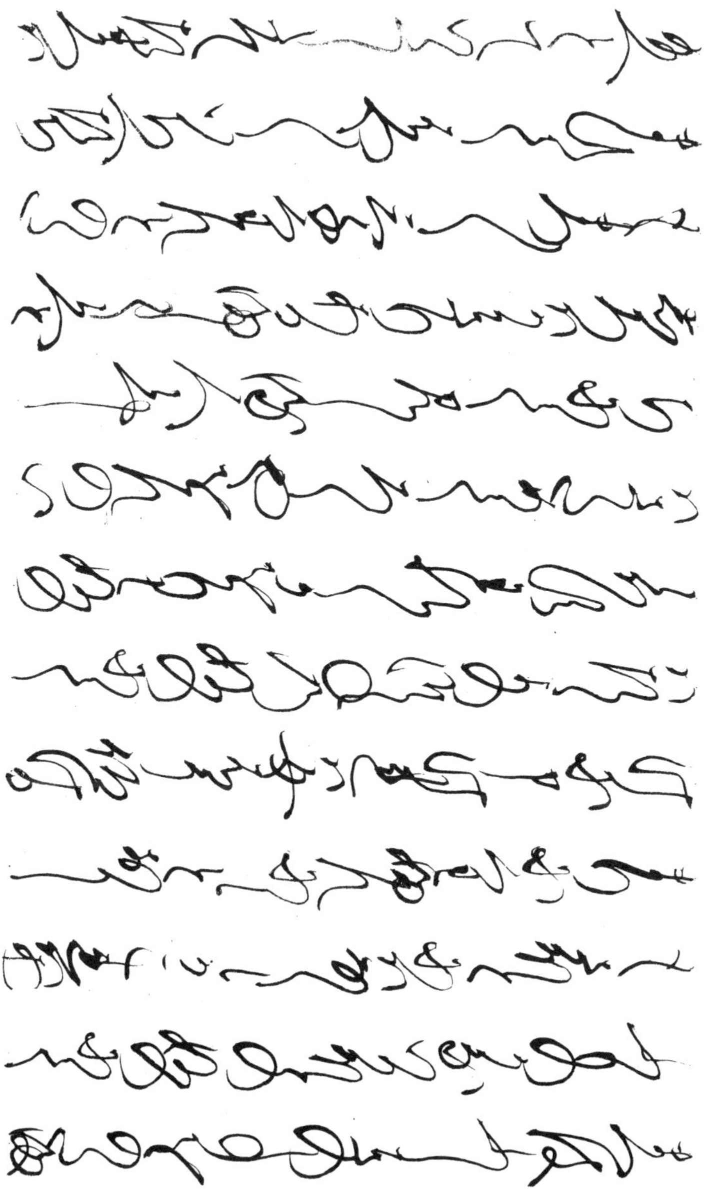

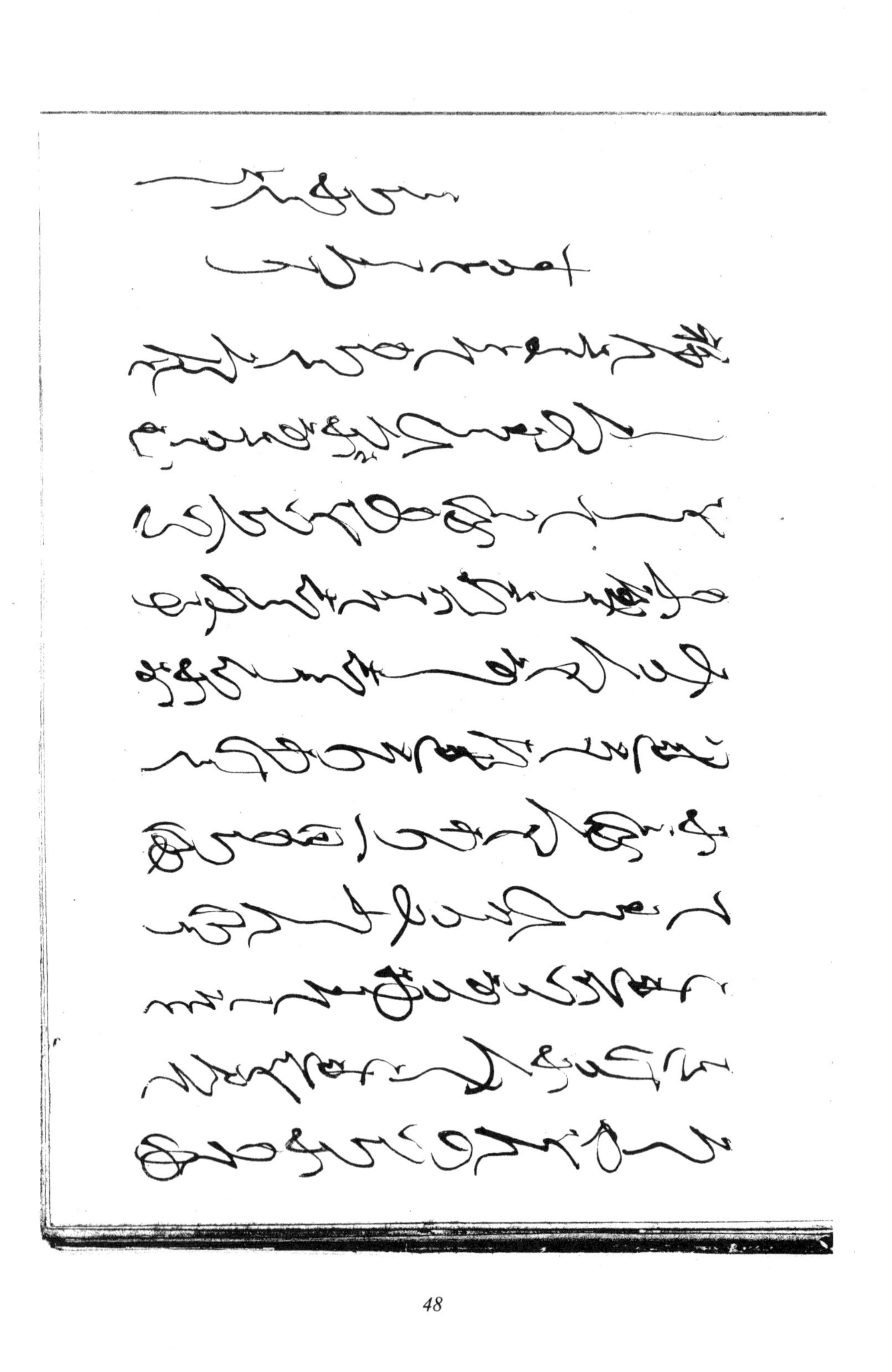

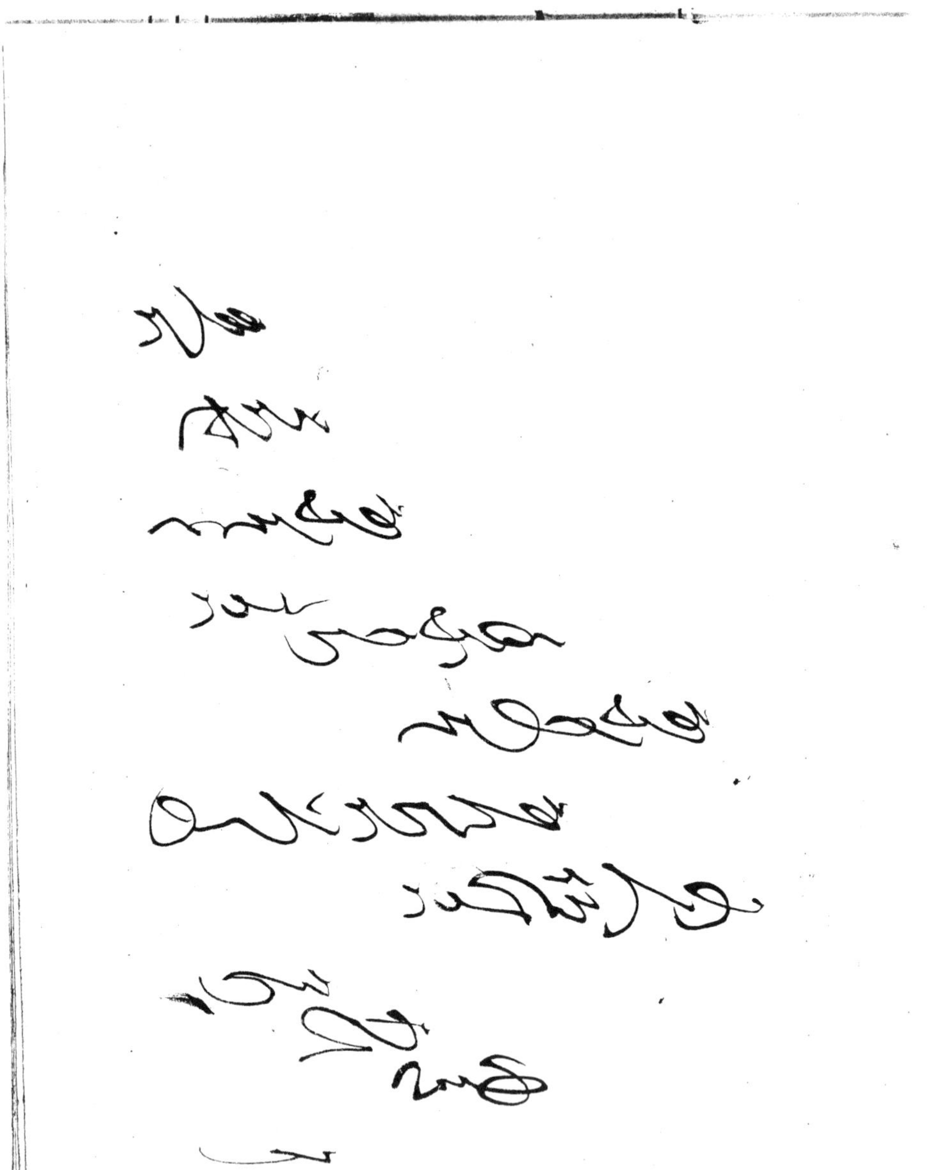

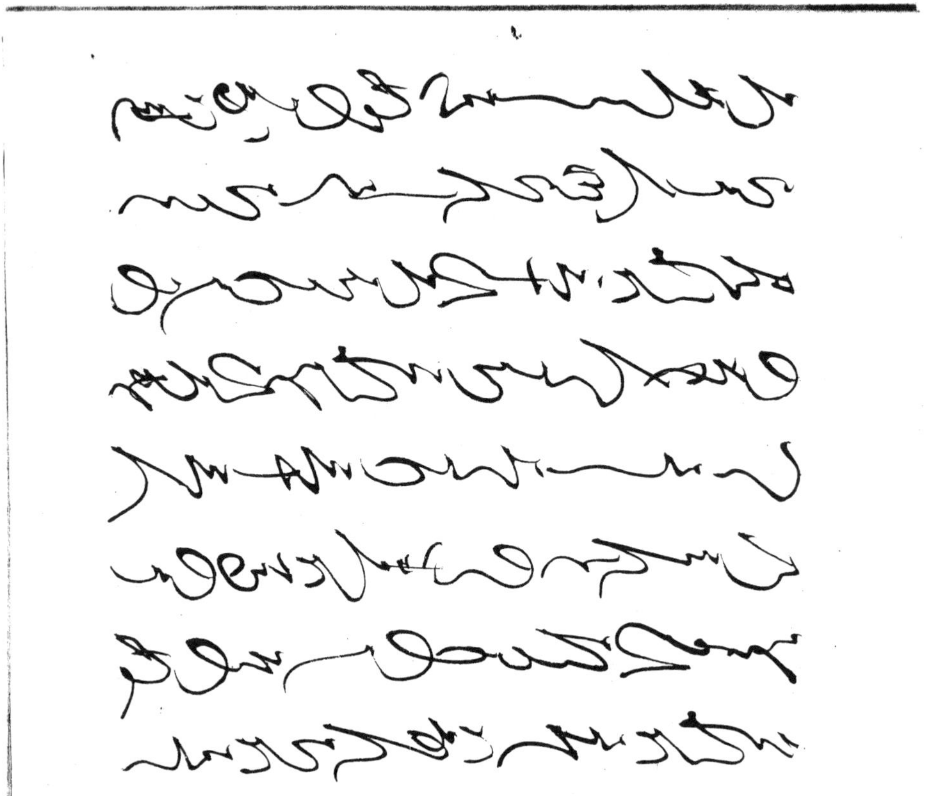

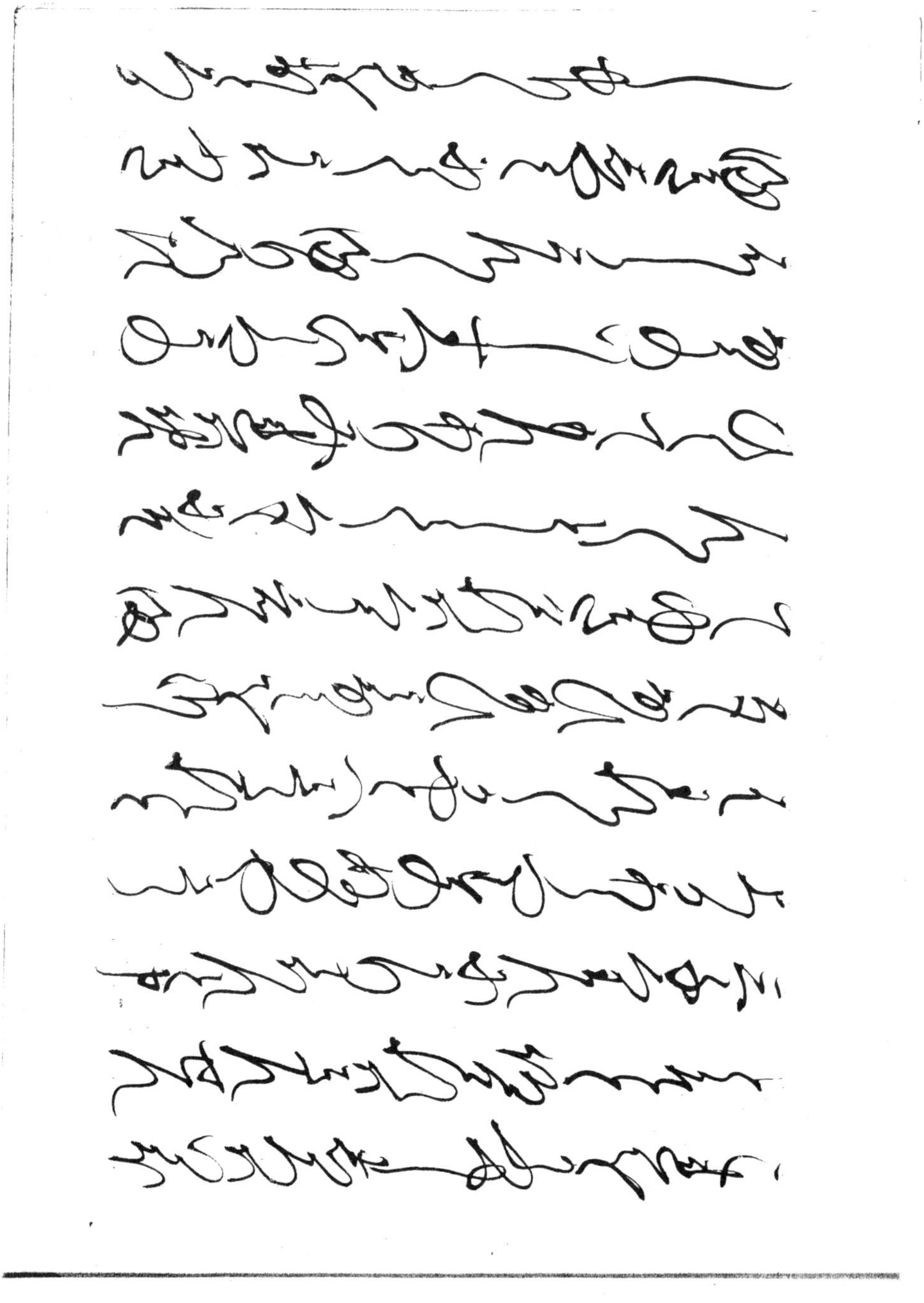

すゝりしらへりく
こんいつやうえんして
きあかりとんくのこゝ
てんかうらてかしらん
さまくかりかいひさ
しもかつらちきくて
んかせうまたりらう
んあんのきおすてるうよ
せおりきかふそてうらる
こんせんきかえんこ志
てあらていそなりわりて
御ちうつのへてわりと
とそろうてめとおとろ寺

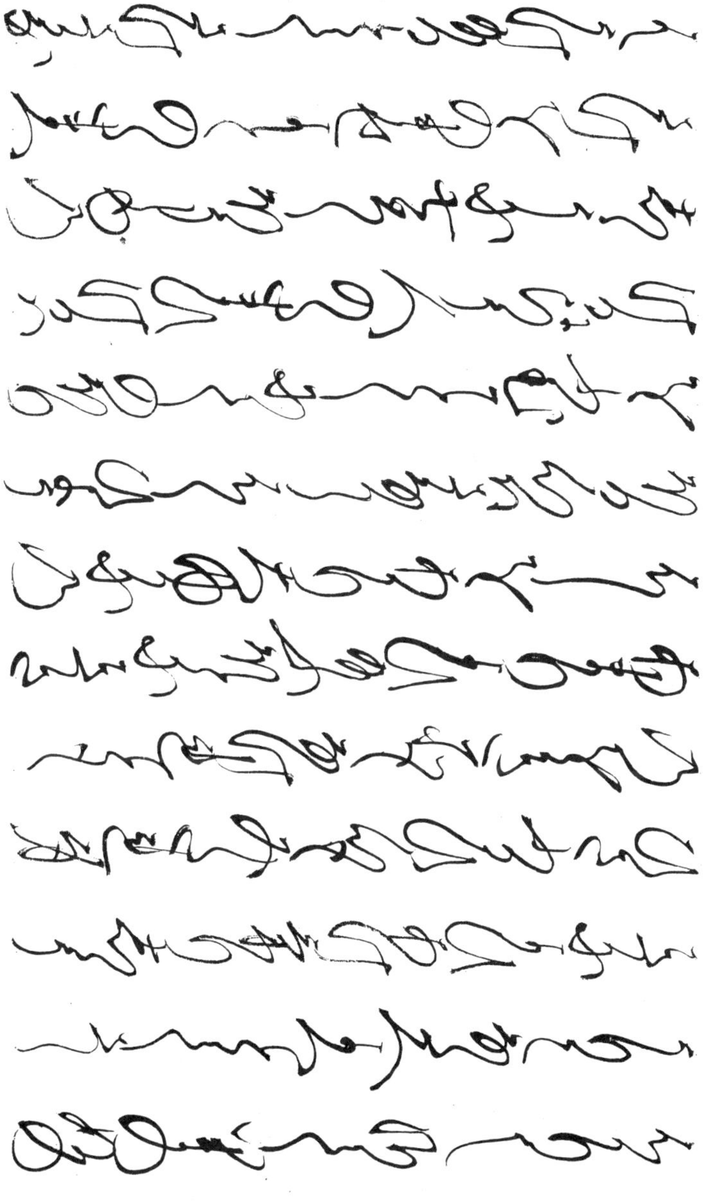

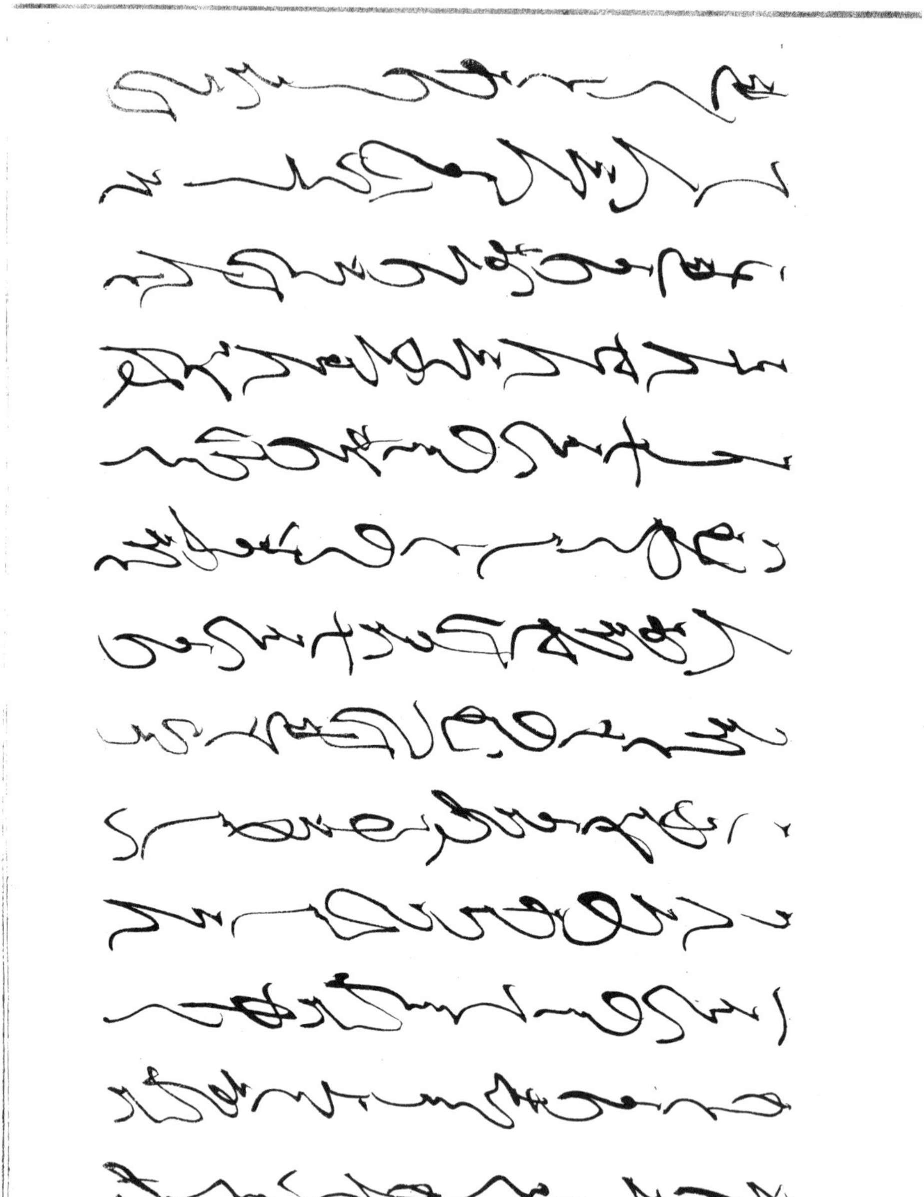

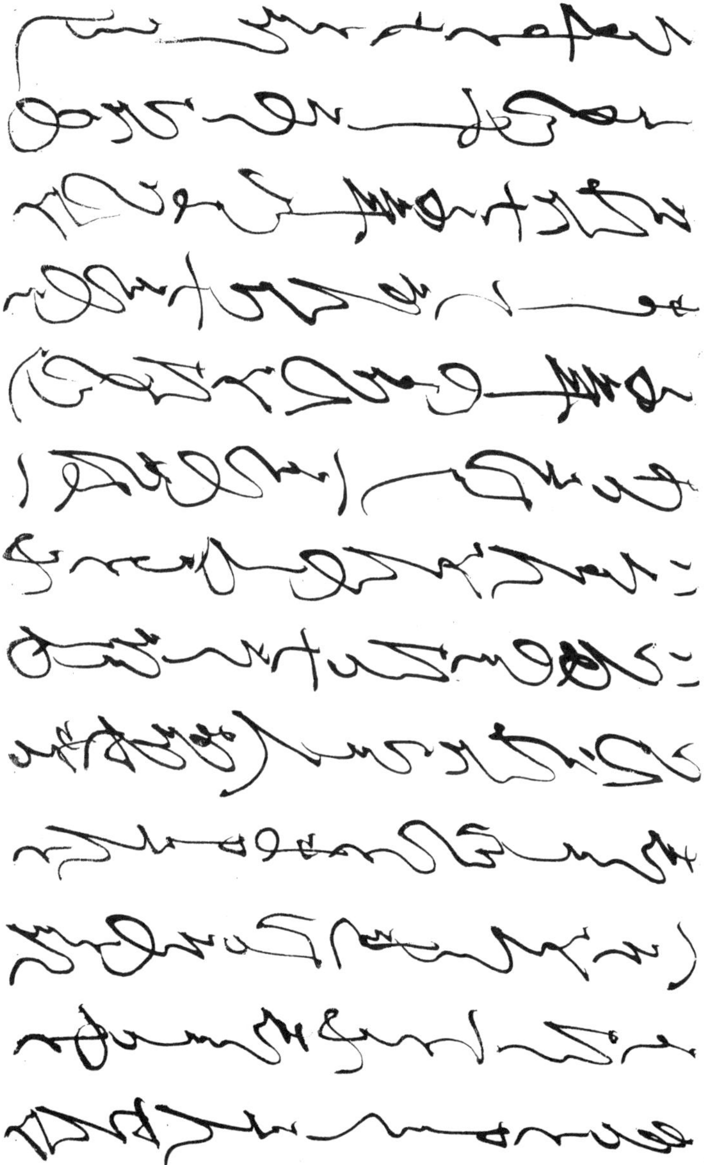

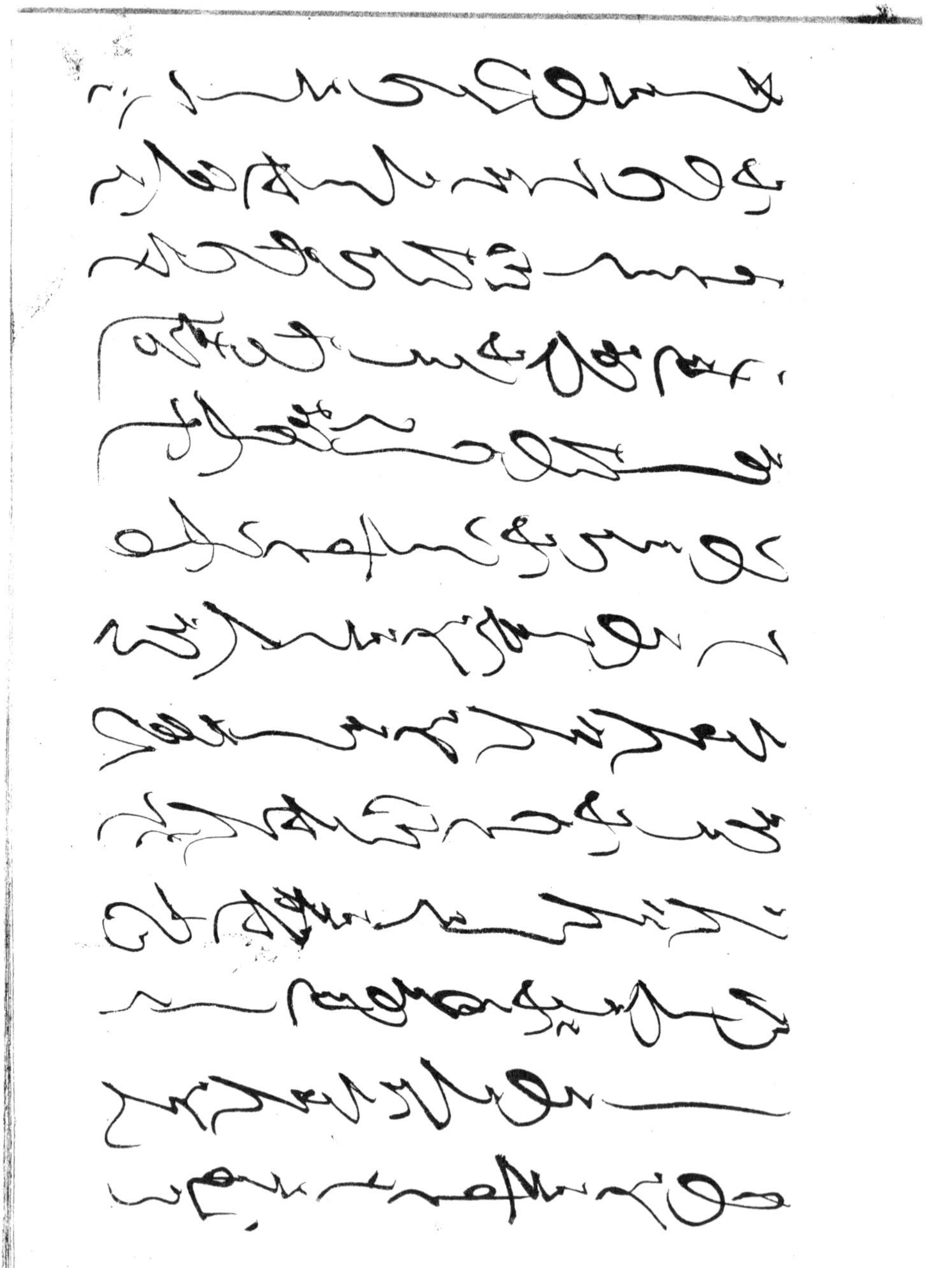

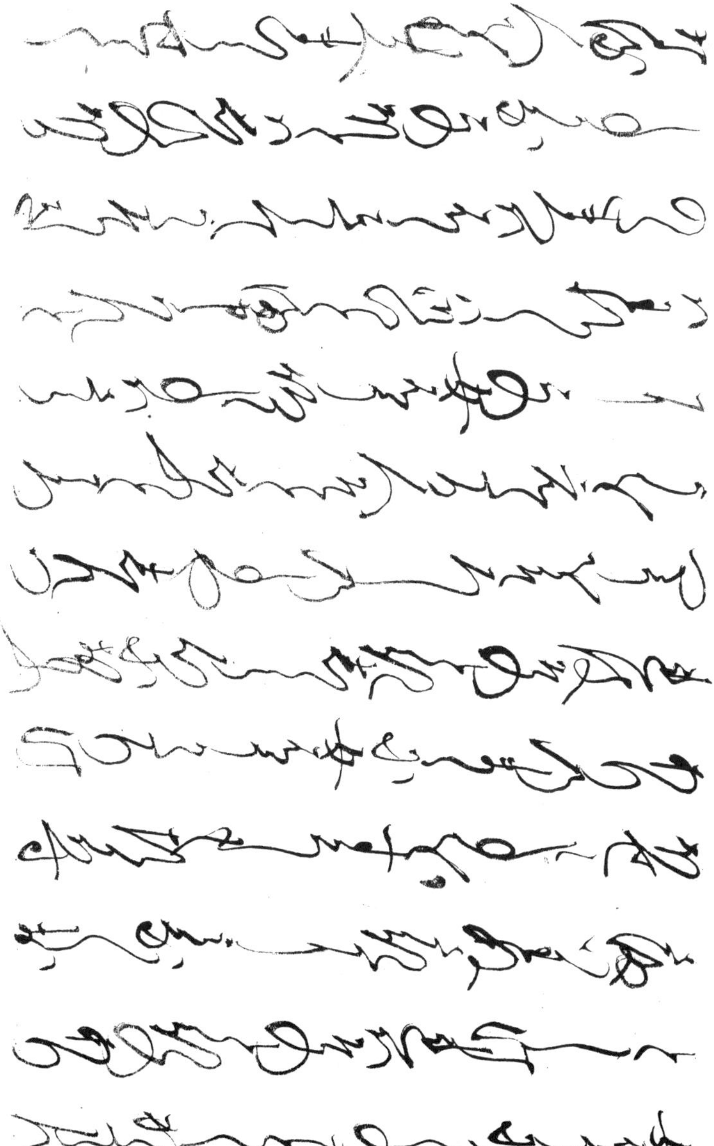

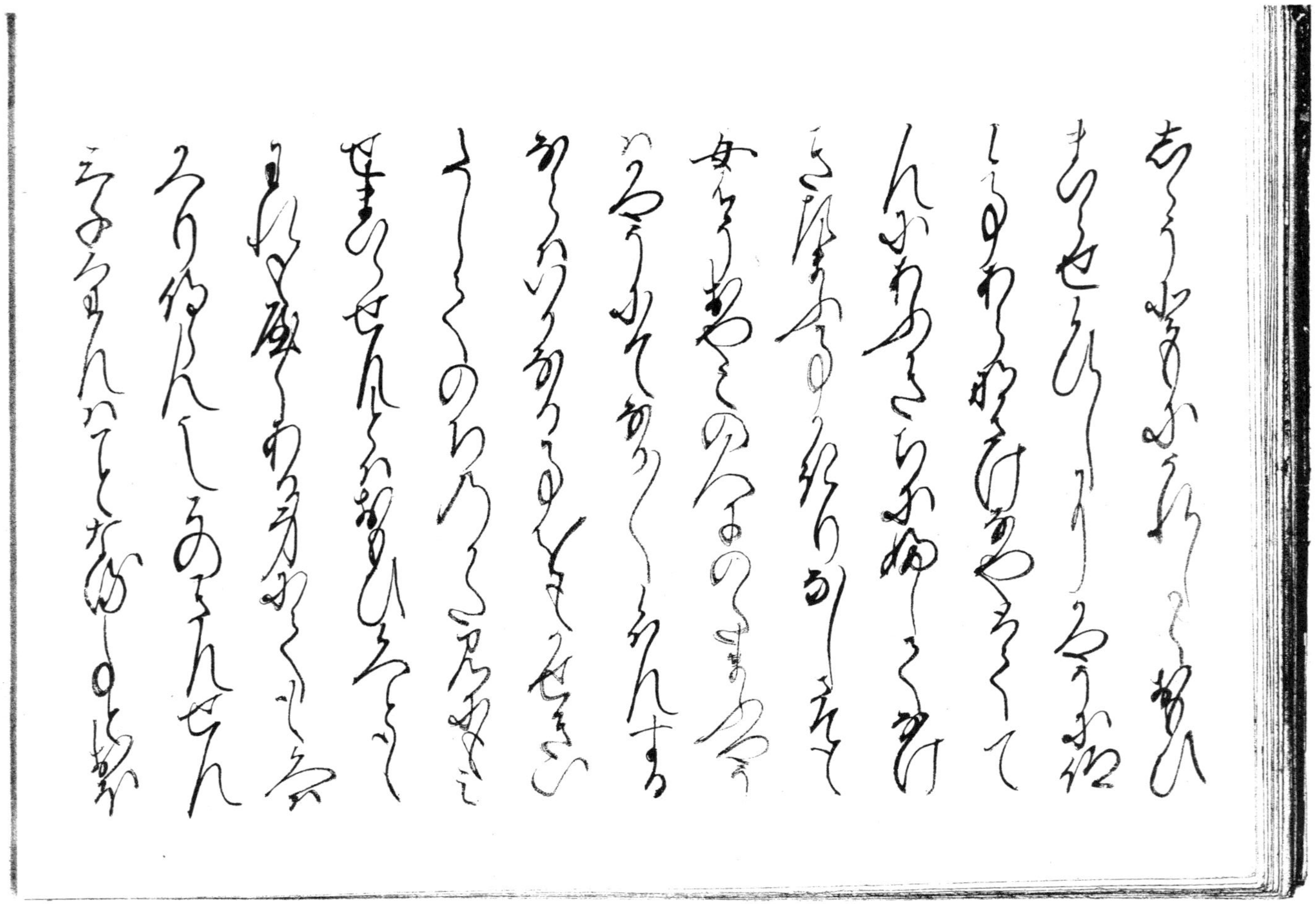

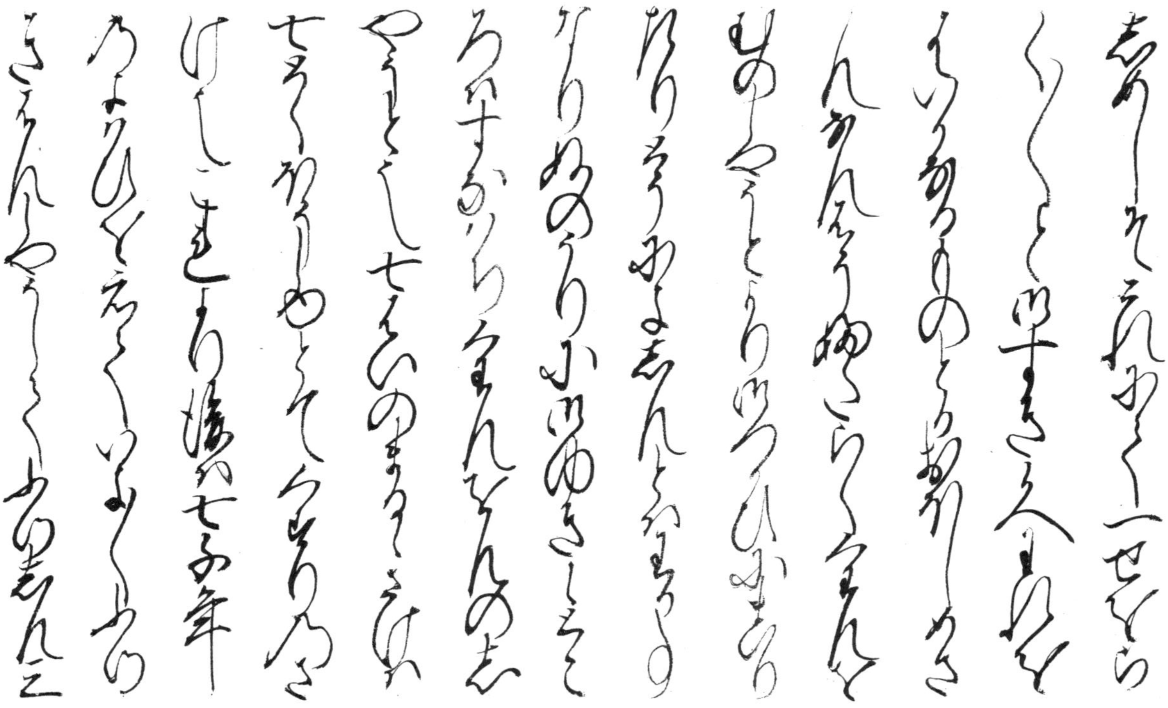

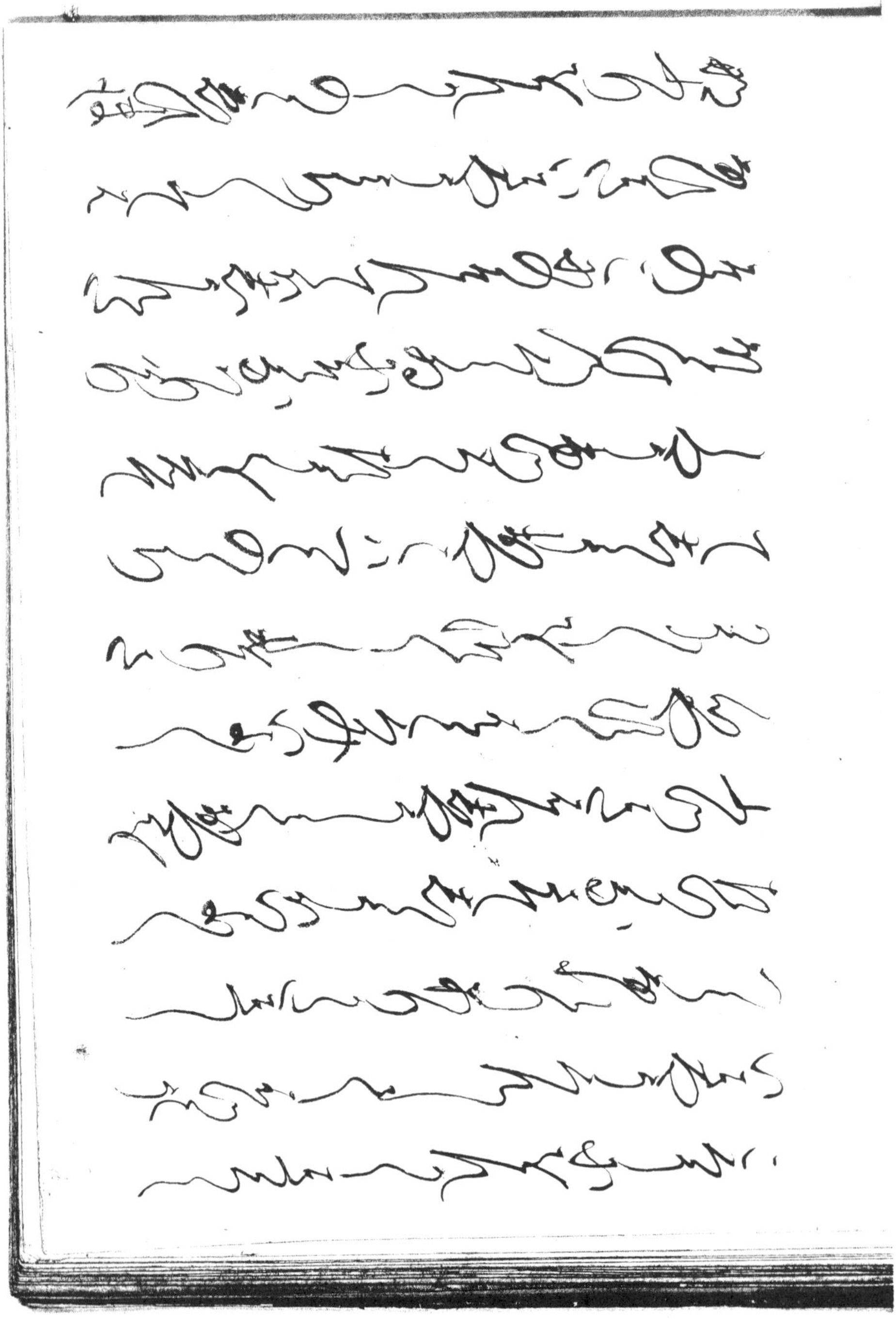

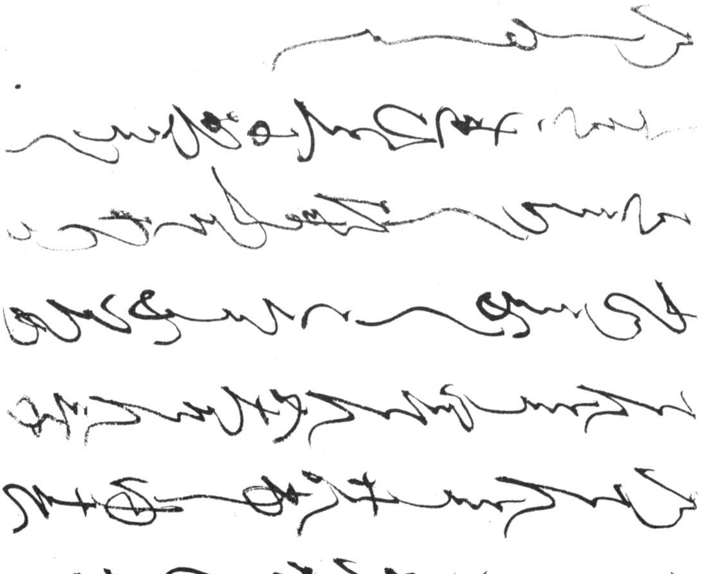

解題

『蛤の草紙』は、異類物の室町物語である。今日では無名であるが、『浦島太郎』や『鶴女房』等の昔話に似た懐かしい感じのする物語である。簡単な内容は以下の通り。

天竺にしゝうという人がいた。ある時、しゝうが小舟に乗り網を下ろすと、蛤が上がり、三度まで同じ蛤が上がった。すると、蛤は急に大きくなり、美しい姫となった。姫はしゝうと暮らし、布を織ってしゝうに渡し、市で三千貫で売らせる。やがて、姫は浄土へ行ってしまう。

なお、『蛤の草紙』の伝本は、御伽文庫本等の版本が中心であるが、古写本や奈良絵本も数点ある。以下に、本書の書誌を簡単に記す。

所蔵、架蔵
形態、袋綴、奈良絵本、二冊
時代、［江戸前中期］写
寸法、縦一六・五糎、横二四・一糎
表紙、紺地金泥模様表紙
外題、中央題簽「しゝう」

見返、銀紙
内題、ナシ
料紙、間似合紙
行数、半葉一三行
字高、約一二・二糎
丁数、墨付本文、上一七丁、下一四丁
挿絵、上六頁、下四頁

室町物語影印叢刊23

蛤の草紙

定価は表紙に表示しています。

平成十八年三月三〇日　初版一刷発行

©編　者　石川　透

発行者　吉田栄治

印刷所エーヴィスシステムズ

発行所　㈱三弥井書店

東京都港区三田三－二－三九

振　替〇〇一九〇－八－二一一二五

電　話〇三－三四五二－八〇六九

FAX〇三－三四五六－〇三四六

ISBN4-8382-7052-6　C3019